2

JN131217

ゲームで不遇職を極めた少年、異世界では魔術師適性MAXだと歓迎されて英雄生活を自由に満喫する

❖スペルキャスターLv100❖

❖ミリアム(?)❖
あやしい偽名の女騎士さん。
パーティーメンバー
九郎にとっての初めての《仲間》。

今頃クロウ殿は
ドラゴンデートかな？
その男は苦労するぞ、セイラ君――

❖リリサ❖
ヴァンパイアクイーンの娘。母親の仇である九郎を追ってきた。

半人半妖の吸血姫、急襲！
宵闇の海岸にて激突す。

帝都ガイデスでの
外交イベント発生!
初々しい二人で舞踏会に挑む!?

CONTENTS

VOL.2

Spell Caster

Lv100

ゲームで不遇職を極めた少年、異世界では魔術師適性MAXだと歓迎されて英雄生活を自由に満喫する／スペルキャスターLv100 ②

あわむら赤光

GA文庫

キャラクター紹介 • Characters

MMORPG《アローディア》にハマり、魔術師職を極めて全ユーザー100万人の頂点に立った少年。その結果、ゲームそっくりの異世界に召喚され本物の魔術師として最高の適性を見込まれる。

Spell Caster
Lv100

セイラ

ハイラディア大神殿に仕える神官。女神メルティアの計らいで九郎の身の回りの世話をしてくれるメイドさんとして一緒に暮らすことになる。性格は真面目で献身的。九郎をからかって遊ぶのが大好き。

イラスト：ミチハス

異世界アローディアを治めるアロード神族の一人。ゲームを初めてクリアした九郎を異世界に招いた。女神の中では最も人間の感性を理解し、地球の人間にゲーム制作を依頼したのも彼女。

女騎士さん(?)

九郎が冒険中に出会った謎多き女騎士さん。クロウの魔術の才能に驚嘆する。さる高貴な女性に仕える騎士を自称しているが、あからさまな偽名を名乗るなどその素性を伺い知ることはできない。

プロローグ　Prologue

道成寺九郎（どうじょうじくろう）は、廃ゲーマーの中学二年生。

覇権ＭＭＯＲＰＧ（マルチ・オンラインゲーム）《アローディア》で極めた呪文詠唱（スペルキャスト）の技術を買われ、異世界の神族にして美女メルティアに召喚（しょうかん）され、新たな究極魔法の創造を依頼された。

「この世界（アローディア）にも森羅万象（しんらばんしょう）の理（ことわり）というものが存在します。その一つ一つを知り、解き明かすことが、魔法創造につながることでしょう。ぜひこの世界の隅々（すみずみ）まで探索なさってください」

そんなメルティアの提案に従い、今日も今日とて冒険していた。


『毒気炎熱（どっきえんねつ）、爆（は）ぜ冒（おか）せ！』

呪文（じゅもん）を詠唱（えいしょう）し、魔法を完成させ、突き出した掌（てのひら）から毒煙混じりの炎を放射する。

こちらの世界で極大魔法と呼ばれる、ゲームではレベル九十台で習得した魔法群を使うのではなく、敢（あ）えて威力を抑えた〈ヴェノムフレイム〉での攻撃を試みる。

場所は〈吸血城〉の二階、廊下。

対象は遭遇した〈ヴァンプリック・グリズリー〉。

ゲームでも登場し、中級者用狩場の一つ〈サーバスの樹海〉に棲息(せいそく)していた。レベルは最大で六十という、エリアの生態系の頂点に君臨する捕食者(プレデター)だ。

しかし、九郎にとっては――ゲーム内でもこのリアルでも――もはや雑魚(ざこ)とすら認識しない存在である。

習得レベル七十四の〈ヴェノムフレイム〉も、こいつ相手なら威力覿面(てきめん)。毒気を含んだ邪炎に焼かれ、吸血熊が苦しみ悶(もだ)える。

吸血鬼化(ヴァンプリック)したモンスターは総じて厄介(やっかい)な〈再生〉能力を持っているが、〈毒〉状態になっているためにダメージを抑えることができない。たとえ炎による火傷(やけど)は徐々に治っても、猛毒が全身を蝕(むしば)む速度の方が速い。

あともうほんの一押しで、こいつは斃(たお)せる。

だから九郎は踵(きびす)を返すと――全力で逃走した。

「『ミリアム』さんタッチ交代!」

「うむ。任せられよ、魔術師殿」

九郎が慌(あわ)てて逃げた先、廊下の角に隠れていた女騎士さんが、勇ましく登場する。

角の奥まで走り込んだ九郎と入れ替わりに、毒で苦しんでいる吸血熊へ突撃敢行。

しかも速い。体の要所だけを守る、動きやすさ重視の鎧(よろい)のおかげだ。

ポニーテールにした鳶色(とびいろ)の髪が躍り、凛々(りり)しい顔(かんばせ)に不敵な笑みが刻まれる。

しかし、この女騎士さんにとって〈ヴァンプリック・グリズリー〉は、本来決して敵わない強敵である。

今この状態でも不用意に近づけば、凄まじい怪力と刃物もかくやの爪にやられるだろう。

だから女騎士さんは、まだ距離のあるうちから腰の物を抜く。

マジックウェポン、〈烈風剣〉。

ゲームでは中級帯のプレイヤーが使うありふれた代物だったが、リアルのアローディアでは超のつく希少品だ。

女騎士さんはその魔法武器を携えて、刀身が秘めたその力を解放する……！

ゲーム《アローディア》の熱心なファンで、ネット掲示板で日々意見交換していた世界設定の考察班曰く――この世界の人々は誰しも、大なり小なり魔力を持って生まれるという。

九郎の見立てでは、女騎士さんは魔法職ではないにもかかわらず、なかなかの魔力の持ち主。

《烈風剣》は彼女の魔力を風の刃に変換し、遠距離攻撃することが可能なのだ。

「はあぁぁぁぁぁぁ……」

女騎士さんは気炎を吐くと、両手で剣を振りかぶる。

柄を通して魔力を注ぐと、刀身を中心に風の刃が発生し、渦を巻く。

「ちぇえいっ‼」

それを裂帛の気勢とともに解き放つ女騎士さん。

廊下を真っ直ぐに奔った刃風は、壁や石畳を傷つけながら吸血熊に襲い掛かる。

そして、九郎がもう残り少しまで削っておいた生命力の、最後の灯を消し飛ばす。

「オオオオオオオオオオオオン……」

〈ヴァンプリック・グリズリー〉は恨めしげに断末魔を叫び、その巨体を床に横たえた。


「『ミリアム』さん、ナーイス！」

「ハハハ、魔術師殿にこれだけお膳立てしてもらえば、誰でもとどめを刺せるだろうさ！」

人を褒め殺しにするのが趣味の女騎士さんは、隙あらば九郎の手柄にしようとする。

「いやいや、その〈烈風剣〉をどれだけ自分の物にできるかも、日々の積み重ねだからね？」

だから九郎が逆に女騎士さんを褒め称える。

それも決してお世辞ではない。

ゲームでは〈烈風剣〉は、レベル三十七にならないと装備できなかった。

あの《アローディア》がメルティアの用意した、この異世界の様々な知識や常識を学ぶためのチュートリアルであった以上、決して無意味な仕様ではないだろう。

きっと戦士として一廉の者でなくては、〈烈風剣〉は使いこなせないという示唆のはずだ。

（しかも『ミリアム』さんはまだまだ強くなれる）

廊下の角から顔と手だけを出して、親指を立てる九郎。

女騎士さんの傍に駆け寄らないのには理由がある。

廊下の先、横たわった〈ヴァンプリック・グリズリー〉の死体——その全身がいきなり黒い煙と化して霧散する。

設定考察班曰く、このアローディア世界において、「魔物」とは魔界からの外来種を指し、「魔族」とは魔王に仕える貴族や騎士階級などエリートのことをいうらしい。

そして、魔物も魔族も死体を残さない。最期は黒煙となって消滅する。

九郎もこの異世界に来て、何度も目の当たりにしてきた光景だ。

しかし〝吸血女王アルシメイア〟との戦いを経て、この黒煙は魔力の塊であり、斃すことでその幾何かを頂戴できることを知った。

ただ、今まではこの〈ヴァンプリック・グリズリー〉を含め、狩ってきた魔物が雑魚すぎたので、神族メルティアをして「途方もない」と評する魔力量を持つ九郎では、なんの足しにもならずに気づけなかったのだ。

一方、繰り返しになるが女騎士さんにとっては、この吸血熊は恐るべき強敵。

なので彼女がこの黒煙に触れれば、魔力を高めることができる。

一匹から頂戴できる量は微々たるものでも、積み重ねれば馬鹿にならない。ゲームの仕様を鑑みれば、続ければいつかはレベル六十五相当の前衛職に到達できるはずだ。

（まあ、ゲームでも〈グリズリー〉だけでそこまでレベル上げしようと思ったら、何百匹も斃さないといけない計算だったけど……）

ちょっとでも強くなれる機会があるなら、見過ごす手はない。

それが自分の事でも、仲間のことでも。

九郎のゲーマーの性（さが）である。

「もう出てきていいぞ、クロウ殿」

女騎士さんが服の上からヘソに手を当て、そう言った。

吸血熊の魔力を吸収し終わったのだ。九郎もアルシメイアの時に体験したが、丹田（たんでん）の辺りにカッと火が点（つ）いたような感覚を覚えるのだ。

「一緒に戦うと『ミリアム』さんには魔力がいかないのが、ちょっと面倒だよね」

「私はクロウ殿の凄まじい魔術師ぶりを、じっくり観戦できて眼福だがな」

「またまた……」

九郎は廊下の角から出ると、ようやく女騎士さんの方へ歩み寄った。

これは現地人（ネイティブ）の彼女が詳しかったのだが、魔物の死体から発生する黒い煙は、より強い魔力の持ち主に惹（ひ）かれる性質があるらしい。

だから例えば、保有する魔力比が4：3：2の三人で魔物を狩ったら、黒煙から頂戴できる魔力もまたおよそその割合になる。

また例えば、九郎と女騎士さんのように保有魔力の量に差がありすぎれば、黒煙から吸収できる魔力は全部、九郎の方に来てしまう。

しかし九郎にとっては、〈グリズリー〉一匹から吸収できる魔力の全部を頂戴しても、なんの足しにもならないわけで。

これがこのアローディア世界の自然摂理なのである。

ゲーム《アローディア》でもだいたい同じ仕様だったので、九郎も理解は早かった。

レベル差がありすぎる者同士でパーティーを組んでモンスターを狩っても、下の者には〈経験点〉が全く入らなかったのだ。

「しかし考えたものだな、魔術師殿。なるほど御身が遠くに離れていれば、魔力の煙は私の方へ来るしかないのが道理だ」

九郎が廊下の角に隠れていた理由が、これだった。

「笑ってくれ、クロウ殿。我々は魔物相手となるともう必死も必死で、こんな単純なことさえ思いつく余裕がなかったのだよ」

「いやまあ、俺も今日いきなり思いついたわけじゃないですし」

とフォローする九郎。

ゲーム《アローディア》では、自分よりレベルが遥かに低いリアルフレンドやクランメン

バーのレベル上げを手伝うため、

「パーティーは組まず、レベル上の者が遠くから強化魔法(バフマジック)等の支援だけする」

「レベル上の者がモンスターと戦い、あと少しまで生命力を削ってから逃げ、下の者が代わりにとどめを刺す」

という二つの手段が主に使われていた。

通常、MMORPGでこの手の「パワーレベリング」はできないように対策されているから、その辺りが妙に緩(ゆる)い《アローディア》の仕様が、九郎には不思議でならなかったのだが。

(リアル(こっち)じゃ実際にできちゃうから、ゲームでも同じにしたってことかあ)

あの《アローディア》のゲームデザイナーは、メルティア自身だったと聞いた。

ではリアルではパワーレベリングが可能なことを、神族の彼女は知っていたのか？

それとも制作を依頼したゲーム会社のスタッフから、「他(ほか)のゲームでは対策してますけど、このゲームはどうしますか？」みたいな質問があり、「ぱわーれべりんぐ？　こっちの世界でできるか誰かに試してもらいましょう」「できたわ」みたいな経緯があって、仕様決定されたのだろうか？

想像すると、ちょっと面白(おもしろ)い。

「探索を再開しようか、クロウ殿」

「はいはーい」

広い城内を、二人で隈なく調べて回る。

扉があれば全て開け、部屋があれば全て立ち入る。

〈ヴァンパイア・クイーン〉を斃したのが一昨日の夜。

女騎士さんを誘って再訪したのが今日この日。

〈クイーン〉以外の吸血鬼と遭遇する危険性も想定してきたが、鉢合わせるのは〈グリズリー〉ばかり。おかげで探索は順調だ。

「この金の燭台は、ヴェロキアの貴族が好みそうな意匠をしているな」

「じゃあ持って帰って売るっす」

九郎がつけている青い石のペンダントは、メルティアが用意してくれた〈アイテムボックス〉代わりだ。

大量に収納できるので、金目のものを見つけては片端から放り込んでいた。

やってることはぶっちゃけ強盗だが、人に仇なす魔族の城で、魔族の所有物をどれだけかっぱらおうが、罪悪感はわかなかった。

（ゲームでも散々こういうことやったしなー……って考えるのはゲーム脳すぎるか？）

九郎はチト複雑な心境で隣をチラリと見る。

「ここは館の主の執務室だろうか？　窓縁の装飾まで金を使っているじゃないか。贅沢だな」

とか言って、短剣で装飾を引っ剝(ぱ)がしている女騎士さん。

なんというか……強盗姿が板についている。騎士なのに。

当然、罪悪感とかゼロだろう。「人に仇なす魔族の城で、魔族の所有物をどれだけ強奪しようとかまうものか」みたいな顔をしている。

それがアローディア人のコモンセンスなのだろう。

(ゲーム脳の俺はアローディア人と仲良くやっていけそうです)

そう前向きに考えることにした。

「何か目ぼしいものはあったか、クロウ殿?」

「いや俺、絵画とか壺とか専門外なんで、目ぼしいかどうかもサッパリっす」

その点で女騎士さんは意外や骨董品(こっとうひん)や芸術品の造詣(ぞうけい)があり、鑑定眼に助けられている。

教養を感じる……というのだろうか?

未(いま)だに偽名を名乗っているし、さる高貴な女性に仕えていると前に聞いたが、よほどの王侯貴族のお抱えの、上級騎士なのかもしれない。

「しかし魔道具(マジックアイテム)の類(たぐい)はクロウ殿の専門だろう？　魔族の城なのだ、ここが本当に館の主の執務室ならば、マジックアイテムの一つや二つがありそうなものだが」

「いや、魔力を秘めたブツはないっすねえ」

「奇妙な話だな」

女騎士さんはブツブツ言いつつ、執務机の戸棚を開けていく。

鍵がかかっていたので、剣の柄で叩いて壊しながらだ（教養ある騎士は誤解かもしれない。ただの蛮族かもしれない……）。

「ふむ。どれも空か」

「思ったんすけど——アルシメイアが討たれたのを知った誰かが、先に大事なブツだけ持って逃げた可能性が高いす」

「ふむ。否定はしないが、クロウ殿は確信ありげだな？」

「変だなって思ってたんすよ。〈グリズリー〉がウジャウジャ徘徊してるじゃないですか」

一昨日、九郎がアルシメイアと戦った時には、出てこなかったのに。

もし城内に吸血熊を大量に飼っていたのならば、戦いに投入すればよかったではないか。

女王のプライドが許さない？

それはない。なぜならアルシメイアと一緒にいた娘のリリサが眷属の狼を召喚して、九郎の呪文詠唱を妨害しようと画策したからだ。女王もその作戦をよしとしていたからだ。

「クロウ殿が女王を討ち、凱旋していた間に、その誰かが城内に〈グリズリー〉を放ったと？」

「俺がもっかい来るのを見越してたんじゃないすかね？　そんで嫌がらせに」

「あり得るな。そして見越していたなら、本当に大事なものは回収していくのが道理だ」

「そゆことっす」

粗方漁り終わり、二人で執務室を出る。

ヨダレをダラダラ垂らした〈グリズリー〉とバッタリ出会う。

ウンザリしながら魔法でぶっ飛ばす。

『ドッ・パッ・ガン。我が進撃を阻まんと己惚れる者は前に出よ』

レベル八十二で習得した《ジャガーノート》——強い指向性を持つ衝撃波を吸血熊へ見舞い、廊下の先、T字路になっている壁へ叩きつける。

「『ミリアム』さんは部屋で待っててください。痛めつけてから呼ぶっす」

「ご武運を、魔術師殿！」

執務室に隠れた女騎士さんを残し、九郎は壁に半ば埋もれた〈グリズリー〉へ突撃する。

マジックアイテム等、本当に希少な品は持ち去られていたのは肩透かしだが——

（まあ、こんだけ広い城なら金目の物が山ほどあるだろ。お金はいくらあっても困らないしな。しかも『ミリアム』さんを強くするお手伝いもできるなら、万々歳か）

九郎は気を取り直し、吸血熊の駆除と城内探索を続けるのだった。

†

城主を失い、すっかり霧の晴れた〈吸血城〉――

樹海の中に古色蒼然と佇むそれを、遥か遠くより眺める者がいた。

フードを目深にかぶり、美貌と牙を隠した娘。

〝半人半妖の吸血姫リリサ〟である。

〈吸血城〉を住処とし、実の母アルシメイアの眠りを守っていた彼女が、今はその両方を失い、流浪の身に追いやられていた。

狩りの縄張りにしている〈万年檜〉の天辺から――これが最後の見納めとばかり――魔力を凝らした拡大視力で城を窺う。

「異世界の魔術師め……。絶対に許すわけにはいかないわ……っ」

そこに九郎の顔を幻視し、深紅の瞳に危険な光が灯る。

大切に抱えているのは、鞘ごと布で包んだ魔法の剣。

全てを喪失したリリサが、母の所有物だった貴重な品々だけ城から回収してきた。

特にこの〈超音剣〉は他者に渡すわけにはいかなかった。

「覚えていなさい。あんたはすぐに、わたしの手で殺してやる……」

捨て台詞と承知で、吐かずにはいられなかった。

リリサは屈辱を堪え、〈万年檜〉から飛び降りる。

そして深い樹海の中へ姿を消した。

第一章　九郎、モテ期が来る

「うおおおおおおメッチャ儲かったああああああ」

九郎は歓喜の声で叫びながら、〈王都ヴェロキア〉の鍛冶場通りを我が家へと走る。

道行く職人たちに奇異の目で見られても、まるで気にしない。

暦は三月。日本と同じでこちらも春。暖かな風がよけいに気分をアゲてくれる。

実際、旅の女神像を使い、〈サーバスの樹海〉から〈王都〉まで転移するころにはだいぶ日が傾いていた。

〈吸血城〉の二階まで探索し終わったところで、今日は切りをつけた。

それから女騎士さんの案内で、本日の戦利品を売り捌くことに。

「競売にかけてもいいが、出品する手間も実際に落札されるまでの時間もけっこうかかる。私が懇意にしている商人でよければ紹介しよう」

と提案してくれたのだ。

ゲーム《アローディア》でも〈神聖王国圏〉には——他のゲームでよくあるような——冒

険者ギルドの類（たぐい）が存在しなかった。

不要アイテムを一括（いっかつ）で買い取ってくれる商人ＮＰＣ（ノンプレイヤー・キャラクター）もいたのだが、メチャクチャ足元を見るのでプレイヤー間では評判ボロクソだった。

しかし女騎士さんの紹介なら信用できる。

そう思って〈吸血城〉でかっぱらってきた芸術品、骨董品（こっとうひん）、金銀宝石をあしらった調度品等、全部買い取ってもらったのだが、これがかなりの金額になったのである。

しかも女騎士さんが、

「これだけ高額の品々を、即金で買い取ってくれるとは申し訳ないな」

と言っていたので、特別待遇なのだということが知れた。

一方、その豪商さん（チョビ髭（ひげ）の老紳士で、名前はパトスン氏）は、

「『カレン』様のご紹介ということもありますが、メルティア様がお招きになったという救世（きゅうせい）の大魔術師様とお近づきになれるとは、当商会にも箔（はく）が付くというものです」

とホクホク顔だった。

「よろしければ今後とも、私どもをご贔屓（ひいき）になさってください。また『カレン』様とご同伴でも結構ですし、お一人でいらっしゃっても大歓迎です。店の者によく言い聞かせておきます」

と帰り際（ぎわ）に熱心にお願いされた。

九郎にとっても助かる話だし、方々で違う偽名を名乗ってる女騎士さん雑だなって思った。

ともあれ――それであぶく銭を手に入れて、意気揚々と帰宅したわけである。

鍛冶場街の一角にある、庭付き一戸建ての我が家。

「ただいまセイラさあああああああああああああああん！」

息せき切って玄関を開ける九郎。

「そんなに大声を出さなくても、聞こえていますよ」

奥から出迎えに現れたのは、銀髪メイドさんのセイラ。

「ご夕食の準備ももうすぐできますからね」

と、まだ調理中だったろうに、わざわざ台所から九郎のすぐ傍まで来てくれる。

「お帰りなさいませ、クロウ様」

と、そこまで近づく必要ある⁉　ってくらい至近距離から見つめてくる。

九郎はもう心臓バクバクだ。

現代日本基準でいえば、外国人モデルばりの超絶美少女に上目遣いで迫られて、胸が高鳴らない中高生男子など存在しないだろう。

（もう一か月も一緒に暮らしてるのに、ゼンッゼン慣れない！）

できれば深呼吸して動悸を落ち着かせたいところだが、セイラの顔がこんなに近づいている状態でやったら「女性のかほりを堂々と吸ってる変態」だろう。

なのでギクシャクしながら挨拶を返す。

「た、ただいまセイラさん」

「はい。お帰りなさいませ、クロウ様」

するとセイラが不思議なことに、同じ台詞を繰り返した。

同時にズズイッと上目遣いで迫ってきた。

もはや鼻先と鼻先が触れ合いそうだ。

上目遣いのまま、その眼差しは九郎の口元をジィ～ッと凝視している。

いったい全体、どうしたことか？　ドギマギしながら観察すると、セイラの表情がどうにも「物言いたげ」というか——誤解を恐れずに判断すれば——「物欲しげ」なものに見えた。

（はは～ん、わかったぞ！）

彼女の無言の要求に、すぐに見当がつく九郎。

自分だとて伊達に一か月も、一つ屋根の下で暮らしていないのだ。

「お土産ならちゃんと買ってきたからね、セイラさん！」

彼女の期待に応え、喜ばせるために、いそいそとオサレな手鏡を取り出す。

途端——

こちらを見上げるセイラの眼差しが、白いものに激変した。

その表情が「コレジャナイ」と雄弁に訴えていた。

「えっ手鏡ダメ⁉　要らない⁉」

〈吸血城〉で衣装室を見つけ、中を物色して瀟洒（しょうしゃ）なデザインの手鏡を見つけ、身だしなみにも余念のないセイラが喜んでくれそうと思ったのだ。

ただその手鏡を持ち帰ると、ぶっちゃけ盗品を土産にするようでアレなので、豪商パトスン氏にお願いして似たデザインのものを用立ててもらったのだ。

しかし九郎の空回りだったか。

「毎度お土産チョイスのセンスがなくて、ごめん……」

「いいえ、その手鏡はとてもステキだと思いますし、ありがたく頂戴（ちょうだい）いたしますよ、鈍感クソ魔術師様」

「鈍感クソ魔術師様⁉」

美少女メイドさんの口から出たとは思えない暴言に、九郎は眩暈（めまい）を覚える。

またいつものようにからかわれているのかと思ったが、どうも違う。本気で拗（す）ねている様子。

土産を受け取るだけ受け取って、セイラはさっさと尻（しり）を向けてしまう。

「ではご夕食の支度がございますので失礼いたします、鈍感クソ魔術師様」

「待って待って！　なんで急に機嫌悪くなってんの⁉」

「それがわからないから鈍感クソ魔術師とお呼びしているのですよ、鈍感クソ童貞様」

「もっと悪くなった⁉」

スタスタ速足で台所へ戻るセイラの後を、九郎は頭を抱えて追いかける。

しかし、嗚呼(ああ)、天の助けというのはあるものだ！

ドンドンドンドン――

とその時、玄関扉を威勢よくノックする音が聞こえた。

呼びかけても足を止めてくれなかったセイラが、それで立ち止まった。

「どなたかご来客の予定がございましたか、クロウ様？」

「いや、ないよ。というか俺まだこっちに知り合いなんて、ほとんどいないし」

一時休戦ムードになって確認してくるセイラに、九郎は内心ガッツポーズになる。

（誰だか知らないけど、いいところに来てくれたよ！）

セイラと一緒に、出迎えに玄関に戻る。

「はいはい、どちら様ー？」

「たびたびすまないな、魔術師殿」

九郎がにこやかに玄関扉を開けると、外に立っていたのは女騎士さんだった。

お別れした後にすぐ追いかけてきたのか、鎧姿(よろいすがた)のままだ。

「明日はつまらぬ用事が入っていたのを思い出してね。城の探索の続きはご一緒できないと、お伝えしに参ったのだ」

「あ、了解っす。じゃあ再開はどうしましょっか」

「クロウ様。立ち話もなんですので、夕食をご一緒していただいては如何ですか？」

「あ、そうだね。さすがセイラさん気が利く！」

敏腕メイドさんの提案に乗り、九郎は女騎士さんを招き入れる。

と同時にお互いを紹介する。

「セイラさん――こちらがよく一緒に冒険してる女騎士さんで、偽名は『ミリアム』さん」

「ようこそいらっしゃいました、ミリアム様」

「『ミリアム』さん――こちらが俺がお世話になってるメイドさんの、セイラさんね」

「やあ、初めまして、セイラ君。お噂はかねがねクロウ殿から聞いているよ」

九郎の仲立ちで、挨拶を交わすセイラと女騎士さん。

（二人ともメッチャいい人たちだからな。きっとすぐに仲良くなってくれるだろうな）

九郎は二人の間に立って、純真にそう思った。


しかし、嗚呼、世の中はなんとままならないものだろうか！

セイラと女騎士さんは相対し、挨拶を終えるや――互いの容姿をじろじろと値踏みして――いきなり態度を豹変させたのだ。

「こちらこそ騎士様のお話はかねがね。**私の**クロウ様が大変お世話になっているそうで」

と、セイラがやけに据わった目でにらむようにすれば、

「ハハハ、感謝には及ばないさ。私が**クロウ殿のことが好きで**やっていることだからね」

と、女騎士さんがいっそ太々しい態度でその剣呑な視線を受け止める。

（なななななんで唐突にガンくれ合ってんのこの二人⁉）

九郎はもうびっくりである。

しかし二人はこっちの気も知らず、

「私の方が先にクロウ様と出会いましたし、一緒にすごす時間も長いですし、クロウ様のことを好きだという気持ちは誰にも劣らない自負があるだけの不束なメイドですが、そこのところよ～くお見知りいただければ幸いです」

「ハハハ、承知した。男女がすごす時間は長短よりも密度が重要だと思うのだが、クロウ殿と危険な冒険中に背中合わせで互いの命を預け合っているのがこの私なので、あなたは安心してクロウ殿のいないこの家を守って欲しい。独りで」

「まあ、ありがとうございます。ついでに冒険先でクロウ様に悪い虫がつかないよう、ご注意いただけると助かります。鏡でも見て」

「ハハハ、それも承知した。今後は私が何かにつけカノジョ面して、周囲の女を牽制するのも面白そうだ」

と、バチギスで威嚇し合っているセイラと女騎士さん。

（初対面なのになんでこんな仲が悪いの⁉　何が原因なの⁉）

九郎はもうパニックである。

そう、九郎は知らない。

この時、セイラは内心こう思っていた――

（クロウ様から綺麗な女騎士と一緒に冒険しているとは聞いていましたが……。お人好しのクロウ様のことですから、綺麗といってもどうせ社交辞令で、実際は筋肉モリモリの雌オーガーに違いないと思っていたのに。ガチで美人じゃないですか！　しかもそこはかとなく気品があるし……。クロウ様はこういうタイプが好きなのかしら。ううっ、どうせ私は庶民ですよ。コスプレメイドでホントの貴族文化なんか知りませんよ。とにかく許せないこの女……！）

一方、女騎士さんは内心こう思っていた――

（クロウ殿から綺麗なメイドと一緒に暮らしているは聞いていたが……。人の好いクロウ殿のことだ、綺麗といってもどうせ世辞で、実際は働き疲れが顔のシワに表れたオバサンだと思っていたのに。正真の美少女ではないか！　しかもどんな化粧品を使っているのか、指先まで綺麗で労働者の手をしていないし……。クロウ殿はこういうタイプが好きなのだろうか。くっ、どうせ私は騎士かぶれだよ。剣の振りすぎで手の皮なんかもう分厚いし肉刺だらけだよ。とにかく敵だなこの娘……！）

――と、互いにライバル認定していたのである。

しかし九郎にそんな女心はわからない。

「そっ、そういえばセイラさんっ、晩御飯はまだかなっ。セイラさんの手料理は美味しいから早く食べたいな～。楽しみだな～？」

この険悪なムードをどうにかしようと必死に考えた末、「仲が悪いなら引き離せばよかろうなのだ」作戦を敢行する。

それがますます火に油を注ぐだけだとわからない。

「もうクロウ様ったら、いくら**私の手料理の**虜とはいえ、他人様の前で惚気ないでください」

とセイラがフフンと勝ち誇れば、

「ならばさっさと厨房へ向かったらどうだ、メイド君？　私とクロウ殿はその間に、いつものように二人きりで次の**冒険デート**の計画を立てるとしよう」

と女騎士さんが挑発する。

二人ともなまじ美人なだけに、瞳をメラメラと燃やしながら凄み合う形相は迫力がある。

かと思えば、セイラがいきなり九郎へ向き直って、

「私としたことが失念しておりました。いつもの『お帰りなさい』のキスがまだでしたね」

「いつもも何もそんなの一度もしたことないんですけど⁉」

「一度はあるはずですが？」

「ゴメンナサイ一度はありました！」

吸血鬼の女王を討伐した時のことだ。夜を徹して帰還した九郎に、セイラが出迎えとともにキスしてくれたことを思い出す。

しかもお互い、あれがファーストキスだった。

「一度は済ませたのですから二度、三度と慣習化してくださってても構わないんですよ？」

（もしかして今日セイラさんが欲しかったのは手土産じゃなくて『ただいま』のキス⁉）

今さらになって気づく鈍感クソ魔術師。

「さ、クロウ様。ご遠慮なく私の唇を貪ってくださいませ」

「この状況で遠慮しない奴ゼロ人だと思うんですけど⁉」

「冗談です」

セイラはそう言ってイタズラっぽく微笑んだが――目が笑ってないような気がした。

一方で女騎士さんである。

「ハハハ！　人前で見せつけてくれるじゃないか、クロウ殿」

「今の会話のキャッチボールのどこに何を見せつける要素あったの⁉」

「おっと私も失念していたが、いつもの『こんばんは』のハグがまだだったね」

「それはマジで一度もしたことないんですけど⁉」

「ハハハ、まあ遠慮しないでくれたまえ」

「鎧着たまま抱きつくのやめてぇっっっ」

大胆にガバッとやられ、金属が肋骨（ろっこつ）にゴリゴリ当たって痛いだけだった。

せっかく美女にハグされても、うれしくもなんともなかった。

「私の前で見せつけてくださいますねクロウ様の浮気者っ」

「見せつけてるのは襲撃を受けてる俺の可哀想（かわいそう）な姿だよね⁉」

「冗談です」

「本気で助けて！」

あられもない悲鳴を上げる九郎。

それで女騎士さんも離してくれる。ようやく。

またセイラも調理中だったことを思い出してくれる。ようやく。

「私は台所へ戻りますので、クロウ様はその襲撃者（おきやくさま）のお相手をよろしくお願いいたしますね」

「腕によりをかけてくれたまえよ、メイド君。私はこう見えて美食家でね。焼きムラの一つから些細（ささい）な塩加減の良し悪しまで、小姑（こじゆうと）のようにチェックしてあげよう」

「畏（かしこ）まりました。馬鹿舌（ばかじた）でもわかるような、極上の皿を提供いたします」

セイラが台所に引っ込むその最後の最後まで、二人はバチバチにやり合っていた。

（どうしてこうなった……）

一人、九郎は途方に暮れる。

仲の良いセイラと住むこのマイホームに、仲の良い女騎士さんが訪ねてきただけなのに。

後は二人が仲良くしてくれれば、とても楽しい夕食になるはずなのに。

（きっと味がしないだろうな……）

と、九郎のその予想は的中するのであった。

†

翌日。

「あれじゃまるで修羅場だよ……」

隣町にある食堂のテーブルに、九郎は突っ伏していた。

ともに昼食を囲んでいるのは三人だ。

〈ヴェロキア〉随一の鍛冶師で、ドワーフの親方ギャラモン。

練金ギルドのサブマスターで、妖艶（ようえん）なダークエルフのラーナ姐（ねえ）さん。

彫金（ちょうきん）ギルドの若きエースで、イヌミミと尻尾（しっぽ）が愛敬（あいきょう）のある犬人間（コボルト）のジルコ。

生産系のギルドが集中するこの一帯でも、特に代表的な職人たちである。

ゲーム《アローディア》にもＮＰＣとして登場し、おかげで九郎は昔からの知人のように親しみがある。

「そりゃ災難じゃったのう、坊主」

と、同情してくれたのは同性のギャラモン親方だけ。

残る女性陣はけんもほろろで、

「ふむ。大魔術師殿は意外や女心を解さぬクチか」とラーナ姐さん。

「そりゃ鈍感クソ童貞呼ばわりされてもしょーがないよー」とジルコ。

愚痴りにきた九郎を逆に責めてくる。

テーブルに突っ伏したままビクンビクンと打ちひしがれていると、ギャラモン親方がさらにフォローしてくれて、

「なんでじゃ？　女騎士が家を訪ねてきたら、なぜかメイドと勝手にケンカを始めたんじゃぞ。別に坊主に非はあるまい？」

「やれやれ、ここにも女心を解さぬドワーフがおるのう」

「鈍感クソ童貞二号でウケるー」

「どど童貞ちゃうわいっ」

ギャラモンが顔真っ赤で怒鳴った。

そして、親方にとっては続けたくない話題なのだろう、強引に変更する。

「坊主。人生相談にも乗ってやりたいが、ワシらも多忙の身じゃ。そろそろ本題に入ってくれ」

「それよ、それそれ。まさか茶飲み話がしたくて、このラーナ姐さんたちを集めたわけではないンだろう、大魔術師殿?」

「やっぱまたなんかスゴいもの作るのー?」

女性陣もギャラモンをイジるより楽しいオモチャを見つけたとばかりに、瞳を輝かせて話題に乗ってくる。

もちろん、九郎もガバッとテーブルから顔を上げて、

「思わぬ臨時収入があったんだよ!」

と〈吸血城〉のいきさつをザックリ説明。

「だから今度は〈結界の短杖(ワンド・オブ・フォースフィールド)〉を作ってもらおうかなって!」

「おー。確かにそれだけ大金があれば、こないだより良質なミスリル銀が用意できそー」

「高価な触媒(しょくばい)も買い放題、精製し放題さね」

「しかし、短い金属杖(じょう)を拵(こしら)えるだけじゃろ? いくらミスリル製とはいえ、ワシは腕の振るい甲斐(がい)がないのう」

「そこはオヤッサン、いざ敵の剣を受け止めても平気なくらい頑丈な特注品にしてよ!」

「ガハハ、なるほどな! それなら面白そうじゃ」

さすが〈王都〉を代表する職人たちだ、モノづくりの話になるとたちまち盛り上がる。

「〈吸命剣(ライフサッカー)〉の次は〈結界の短杖(ワンド・オブ・フォースフィールド)〉とはねえ。どれもこれも魔王との大戦――あの狂った時代には使用されたものだけれど……。大魔術師殿とつき合うておると、あの時代の〝熱〟を思い出して若返ってくる気さえするよ」

と、人を食ったようなところのあるラーナ姐さんでさえ、無邪気に目を細めている。

「ウチ的にどーせ大金投じるなら、ミスリル鉱の産地からこだわりたいんだけどー」

「剛性と靭性(じんせい)を考えるなら、〈アダンロン鉱山〉のものが一番じゃが」

「でも〈帝国圏〉で採掘されるのは、触媒の魔力がよく馴染(なじ)むンだよ」

「杖(つえ)本体の強度をとるか、結界自体の出力をとるか、それが問題ダー」

「本体強度に決まっとるわい！　坊主のさっきのオーダーを聞いたじゃろ？」

「バカをお言いでないよ！　肝心(かんじん)の魔道具としての効能が二の次じゃあ、本末転倒だろうよ」

と――一種のオタクノリに近いテンションで、ああでもないこうでもないと意見をぶつけるギャラモン親方たち。

〈結界の短杖(ワンド・オブ・フォースフィールド)〉は、高レベルプレイヤーひしめくゲーム《アローディア》でも稀少(きしょう)なマジックアイテムだったので、リアルのアローディアでは幻の逸品くらいの価値観だろう。

その制作に携(たずさ)わるのは、超一級の職人たちにとってまたとない挑戦であり、名誉だろう。

興趣を覚えて仕方がないだろう。

だからこんなに白熱する。

（いいよなあ、こういう雰囲気……）

九郎はアイテム制作に関する造詣（ぞうけい）がゼロなので、会話に参加できない。

だけど侃々諤々（かんかんがくがく）とやり合う皆を見ているのは、ちっとも退屈しない。

ついでに食堂の看板メニューである鶏モモの炙（あぶ）り焼きも、皮がパリパリで旨（うま）い！

楽しい時間はあっという間にすぎていった。

さすがはプロの中のプロ。ギャラモン親方たちは議論紛糾（ふんきゅう）のようでいて、ランチタイム内にきっちりワンド制作のスケジューリングを終わらせた。

「んじゃ、そういうことでな。ワシは今日中の仕事が残っておるんで帰る」

親方が席を立ち、食休みもせず去っていく。

「食後の茶の一杯くらい、飲んでいけばいいものを。短命種はこれだから忙（せわ）しないねえ」

「ウチらに比べたらドワーフも充分に長生きだけどねー。ウン百歳のラーナ姐さんと比べたらさすがにねー」

ラーナとジルコは席に残り、まったりと黒茶（コーヒー）を楽しんでいる。

それに九郎もつき合う。

というか、急いで帰宅したくない。

（セイラさん、昨日から機嫌が悪いままなんだよな……）

起こしてもらえなかったとか朝食が抜かれたとか、何か八つ当たりされたわけではないが、九郎に対する応答が事務的というかヨソヨソしくて哀しいのだ。

いい加減、いつものセイラさんに戻ってくれないだろうか。いっそ振り回されても、からかわれても、それでもいいから。

「はぁ……」

と思わず嘆息する九郎。

それを聞きつけて、ダークエルフ特有の長い耳とコボルト特有のイヌミミがピクッと震えた。

「なんじゃ、大魔術師殿。まだメイドのことで思い悩んでおるのか？」

「……姐さん、鋭いッスね」

「というかクロウ君は顔に出やすいから、気をつけた方がいいよー」

（それセイラさんにも指摘された！）

渋面になりつつ卓上のカップに手を伸ばす。

するとだ——

その手を、ラーナに右からそっとつかまれた。

（え、ナニコレ⁉）

いきなりのことに目を剝く九郎。

これが齢ウン百歳のものとは信じられない、森の妖精の瑞々しい掌の感触にドギマギする。

しかもだ――

今度は左手まで、ジルコにピトッとつかまれた。

凄腕彫金師の掌はさすがにゴワゴワした職人の手だったけれど、でも温かい感触に包まれてこれはこれで心臓が高鳴る。まがりなりにも女性の手だし。

「ど、どしたんすか二人とも急に⁉」

「ククク……」

「えへへ」

訊(たず)ねれど、二人は意味深長にほくそ笑むばかりではぐらかされる。

そして、

「貴公はよほどの大魔術師だというのに、心根はまるで初心(うぶ)な少年のようで、そのギャップが堪(たま)らぬな。私の長い人生でも、クロウ殿のような御仁(ごじん)には会うたことがない」

「ら、ラーナ姐さん⁉」

つかまれた右手をねちっこくさすられ、心臓に悪いなんてもんじゃない想(おも)いを味わう九郎。

「ウチもウチも！　クロウ君てちっとも荒々しくないし、優しいよね。てか貴族でもないウチらにまで紳士的に振る舞ってくれる男の子なんて、初めてで新鮮だよー」

「じ、ジルコさん⁉」

つかまれた左手をやらしいフェザータッチでさすられ、冷や汗を垂らす九郎。

ラーナとジルコは手を離してくれないまま、左右から言った。

「私は独占欲も強くないし、貴公の如き未来の英雄がよそで何人、何十人と女を囲おうとも、いちいち目くじらを立てたりはせんぞ？」

「ウチもウチも！　てかコボルトは自由奔放恋愛がフツーだしねー。発情期が来ようもんなら乱交文化だしねー」

「悪いことは言わん。そんな度量のないメイドより私にしておけ、大魔術師殿」

「一緒に冒険できる女友達も悪くないけど、一緒に発情できる女友達もいいよー、クロウ君」

「ファーーーーッ!?」

まさかの展開に九郎は白目を剥く。

頼れる職人のお姉さまたちだと思っていたのに、気がつけば言い寄られていた。

（どうしてこうなった……）

わからない。

女心ってほんとにわからない。

「このまま我が家に来ないか、大魔術師殿？　日が高いうちに共寝するのも乙なものぞ？」

「ウチんちでもいいよー。ベッドが広いから、姐さんと三人一緒でも平気だしー」

「ククク、それもまた乙よな。うむ、私は別に構わないが？」

「ウチと姐さんでギュッて挟んであげるー。きっと気持ちいーよ」

「いやああ堪忍（かんにん）してぇ……っ」

十四歳のオコサマには刺激の強すぎるお誘いに、九郎は悲鳴を上げた。

一緒に口から魂が漏（も）れ出すかのような、弱々しい悲鳴を。

†

「あれじゃまるでビッチだよ……」

その日の午後。

応接間のテーブルに、九郎は突っ伏していた。

〈ハイラディア大神殿〉のことである。

アロード神族たちの住処（すみか）で、〈王都ヴェロキア〉はその麓町（ふもとまち）、門前町に当たる。山頂にある〈大神殿〉まではテレポーターを使ってすぐに行ける。

そして向かいに腰かけているのは、金髪巻毛と神がかった美貌（びぼう）の持ち主。

ついでに身長も二〇九センチあるメルティアだった。

彼女らアロード神族は巨人族でもあり、だからメルティアにとってのローテーブルが、九郎にとってはちょうど普通のテーブルくらいの高さになる。

「セイラさんと『ミリアム』さんが俺のこと好き好き言ってとり合う風だったのは、からかい半分っつーか悪ノリもあったと思う。ジェラシーつっても可愛い弟分をとられたくないって、そんくらいの気持ちなんじゃないかと思う。でもラーナ姐さんとジルコさんは違った。あれは本気で俺をベッドへ連れ込む目だった……」

九郎はやさぐれた目つきで横を向き、テーブルへべったり頰をつけてグチグチ言い続ける。

するとメルティアが幼児をあやす母のようにおっきな手で、頭を撫でてくれて

「よかったですね、クロウ様。モテ期ですよっ」

「よくないっ」

九郎はガバッと頭を跳ね上げた。

「でもラーナはエルフだけあって美人ですし、ジルコだって愛敬があって可愛いでしょう？」

「そ、それは認めるっすけど……！」

「うれしくないですか？」

「だからって恋人にもなってないのに一段飛ばしで３Ｐとか爛れてるよ……。俺の常識感覚的にムリィ……」

「確かに３Ｐは一段どころか十段飛ばしくらいでしょうねえ、こちらの常識感覚でも」

「まさか３Ｐじゃなかったらアリってこと⁉　アローディアでは⁉」

思わず素っ頓狂な声になって確認する九郎。

異世界の神族相手に３Ｐ、３Ｐ連呼し合ってるシュールさなど、自覚も余裕もない。

　メルティアも大真面目(おおまじめ)に解説してくれる。

「アローディアの庶民的な貞操観念は、日本に比べてだいぶんおおらかなのですよ。なにしろ十五歳までに結婚して、たくさん子供を作って、家庭を持つのが一人前の証明、立派なこととされますから。『ちょっといいな』と思ったらもうできちゃった婚までまっしぐら――それが普通で、恥ずかしいことでもなんでもありません」

「《アローディア》のNPCにそんな感じの人はいなかった……」

「ええ、私としてもこちらの世界を事前に学んでいただくために、文化や風俗といったものも可能な限りゲーム内に盛り込みたかったのですが。貞操観念に関しては、制作メーカーに止められたのです。日本人の感覚と違いすぎて『ビッチのあふれる世界』だと勘違いされかねない。『これなんてエロゲ?』と揶揄(やゆ)され、ユーザー離れが起きかねないと」

「なるほど、そこは柔軟に判断したってわけっすね」

　地球でも前近代までなら、十五までに結婚していっぱい子供を作るのが当たり前、貞操観念もユルユルな国なんていくらでもあったかもしれない。

　しかし、現代日本人である九郎は知識としてでさえこれこの通りあやふやだし、まして感覚、観念レベルで受け入れろといわれても難しい。

「けどでもラーナ姐さんやジルコさんが、こっちの世界じゃ『普通』だってことが理解できてよかったっす」

「特にジルコはコボルト族ですから、こちらの一般感覚よりもかなりユルユルなのが『普通』となります。なにしろ結婚の概念すら乏しい種族でして。一方、エルフは本来は潔癖なくらいなのですが、ラーナは人間の町での暮らしが長く、染まっているのは否めませんね」

（そういう文化背景も、ゆくゆくは知ってかないとなー）

現代日本人の価値観を一方的に持ち出して、ビッチだと決めつけたのは偏見だった。

反省し、以後気をつけようと、九郎は胸に書き留める。

「ただセイラさんは、俺の感覚からしても違和感ないってか……」

初めて会ったころは、あまりにえっちなお姉さんすぎてびっくりしたのも、今は昔。

あれは異世界に独りでやってきた九郎を慰めるために、敢えてそうしていることを本人から聞いた。

「ええ、あの娘はこの〈大神殿〉で育っておりますから。身持ちの堅い貞淑な娘ですし、それは日本の方の価値観でも相違はないかと。他にも王侯貴族の令嬢たちも、貞淑に育てられるのがこちらでは普通ですね」

（なるほど、女騎士さんもきっとイイトコのご令嬢なんだろうな）

日頃のどこか気品を感じる立ち居振る舞いからも、平民上がりの騎士とは思えなかったし。

「ありがとう、メルティアさん！　次からどんな顔をしてラーナ姐さんたちと会えばいいか、わからなかったのが解決したよ」

そう、これまで通り普通に接すればいい。

今日みたいに肉体だけの関係を求められたら、その時はサッと逃げればいい。

「うふふ、それはよかったです」

「メルティアさんに相談に乗ってもらったおかげで、いろいろスッキリしたよ」

「ラーナたちとベッドに行くよりスッキリしましたか？」

「いきなりシモネタぶっ込んでくるのやめてくれる⁉」

「そうなのですか？　日本ではシモネタも躊躇なく発言する女性が意外とモテるし、つまりは殿方の好みという話ではないのですか？」

「そりゃクラスの女子とかがそういう距離感なら、気さくで可愛いと思うけどね⁉」

神々しいまでのオトナ（五〇七歳）の美女の口からシモネタが出たら、困惑の方が強い。

ともあれ——

その後はメルティアを相手に、他愛のないおしゃべりに興じた。

ベテランの女司祭（セイラが倒れた時に看病してくれた人）が紅茶とお菓子を運んでくれて、午後のおやつにちょうどよかった。

「セイラにお茶の淹れ方や料理を教えたのは、私なんですよ？」

と言うだけあって、ベテラン司祭さんの腕前はさすがのものだった。

日本にいたころ九郎が飲んでいたのは、缶コーヒーやペットボトルの紅茶ばかりだったから、こんな風に誰かが丁寧に淹れてくれたお茶の美味しさは知らなかった。

渋味はあるが、ミルクや砂糖を入れなくてもそこはかとなく甘味があって、それがいい。でもジュースみたいにベタベタした甘味ではないので、お菓子の甘さと衝突しない。香りも芳醇そのものだ。

「〈ヴェロキア〉だと紅茶もコーヒーも、庶民でも気軽に飲めますよね？　近場で採れるからやっぱ安価なんですかね？」

陶器のカップ片手に、メルティアに訊ねる。


地球ではインドやアフリカ、南米が原産地で、昔のヨーロッパの人々は遠く大航海の果てに持ち帰ったらしいが。

だから高価だし、庶民に普及するまで時間がかかったと聞いたことがある。

一方ここアローディアでは、コーヒー豆はお隣の〈帝国圏〉の産で、紅茶（緑茶）の茶葉も山脈一つ向こうの〈亜人連合圏〉の産だと、ゲーム内のアイテム説明欄に書かれていた。

「ええ、その通りです。お茶はみんな大好きでよく売れるので、交易商たちが頑張って流通網を作り上げた歴史がございます」

「それ聞いて思ったんすけど、旅の女神像を使えば都市間の移動もすぐだし、流通網ってもの自体がアローディアじゃ、あって無きが如しなんでは……？」

「いいえ、そんなことはございません。アロード神族（わたしども）が女神像の大規模な商業利用を、固く禁じておりますので」

「えっ、そうなんすか？　そりゃまたなんで……」

「旅の女神像がない地域も、世の中にはたくさんございます。もし交易商たちに女神像の使用を許可すれば、そのような地域にわざわざ輸送コストをかけてまで、卸売（おろしう）りに届けようという商人がいなくなってしまいます」

「あー、確かに」

　輸送コストが多少の差なら、他の商人たちが行かない地域へ敢えて赴（おもむ）き、差別化を図ろうという者も出てくるだろうが。馬車で物を輸送する世界で、「一瞬でテレポート可能な場所」と「不可能な場所」のコスト差は、多少どころか莫大（ばくだい）に違うことだろう。

　そして交易商が全く来ない地域など、文明に取り残されてしまうのは想像に難（かた）くない。

　というか普通は滅びる。

「私どもは人類の力になりたいと思っております。ですが差し伸べる手は、最小限でなければいけないとも考えているのです。でなければ、流通網という人類にとって不可欠なもの一つをとっても、簡単に歪（ゆが）めてしまうほどの力を持っているからです」

旅の女神像を流通に使うことで、飢えずに済む人々は確かに少なくないだろう。

しかし他方で、恩恵に与れない多くの町や村が滅びては、本末転倒も甚だしい。

「それに可能だからといって、私どもが人類の面倒を一から十まで見てしまえば、やがて彼らは自分の力で立つことを放棄するでしょう。それはかえって彼らのためになりません」

「あー。野生の鳥を人間が飼っちゃうと、獲物の獲り方とかも忘れちゃって、もう二度と野生に戻れない、戻しても死ぬって話と同じっすねー」

「私どもは人類にとっての良き隣人になりたいのであって、ペットとして彼らを飼いたいわけでは決してないのです」

「カッケえ。さすが神族、考え方がオトナっすねー」

「でも実を言うと、大昔は人類をペットのように考えるのが主流だったそうです。さらに正直に言えば、今でもお年寄りの中にはそういう古い価値観の方々もチラホラと」

身内の恥を語るように、メルティアが苦笑いで言った。

(アロード神族にもいろいろいて、メルティアさんは中でも人格者……神格者？　なんだろな)

九郎は内心そう推察した。

そして、その予測は的中するのだが――まだ遥か先のことである。

その後もメルティアと楽しく談笑し、茶と菓子を堪能した。

今日は冒険の予定も立てていない。

ソロで〈吸血城〉の探索を続けてもいいが、せっかくだからあの場所は女騎士さんと二人で全部攻略したかった。

ゲーム《アローディア》では九郎の使う〈魔術師〉は不遇職で、誰ともパーティーを組んでもらえなくて、強制ぼっちプレイ状態だった。

だから初めてできた「パーティーメンバー」との冒険を、大切にしたい気持ちがあった。

幸い女騎士さんも、明日からはまた〈吸血城〉探索を再開したいと言ってくれている。

女騎士さんにもお仕事があるし、いつまでも一緒に冒険はできないだろうが、予定が合う時は合わせたい。

そういうわけで九郎は暇人なのだが、メルティアは果たしてどうだろうか？

「実は夕方から来客の予定がございまして……」

確認すると、彼女は心苦しそうに答えた。

「了解っす。それまでにお暇するね」

（セイラさんが夕飯作って待ってくれてるだろうし。……機嫌直してくれてるといんだけど）

そんなことを考えつつ、時間が来るまではお茶会を続ける流れに。

（ちなみにお客って誰だろな。興味はあるけど、さすがに聞くのは失礼だよな）

またそんなことを考えていると、顔に出てしまったのだろう。

「ディマリア女王の使者がいらっしゃる予定なのです」

とメルティアが、秘密にすることでもないからと教えてくれた。

「なんでもご息女のキャロシアナ姫と、〈帝国〉の第四皇子のお見合い話が進んでいるとか。それで折り入って私に相談したいことがあるとのお話で」

「へえ！　リアルじゃそんなことになってんすね」

オタク趣味どっぷりすぎて、芸能ゴシップとか微塵(みじん)も興味なかった九郎だが、この話題には食いついた。

〈王都ヴェロキア〉というだけあり、町の中心にはお城が建っていて王族も住んでいる。

ゲーム《アローディア》にもＮＰＣとして登場し、〝太陽王ナヴァル〟や〝女王ディマリア〟、〝おてんば姫キャロシアナ〟などは、様々な関連クエストをこなしていくと会うこともできて、また彼ら自身から高難度クエストを依頼される展開もあった。

特に印象的なのは、〝キャロシアナ〟に関する連続クエストである。

〝おてんば姫〟の二つ名は伊達ではなく、彼女はいつ訪ねていっても城にはいない。常に国内各地を飛び回っている。

そんな〝キャロシアナ〟を連続クエストを通じて追いかけて、追いかけて――最後の依頼をクリアすることで、ようやくお城でご本人と対面できるというキャンペーンシナリオになっているのだ。

表れた金髪のお姫様の可憐さに、ハートを射抜かれたプレイヤーも多かったことだろう。

かくいう九郎もファンの一人だ。

3Ｄモデルの出来の良さも相まって、とにかく儚げ〜な感じが伝わってきた。

ボイスこそ付いてないゲームだが、台詞もまたお上品で初々しくて、「これのどこが〝おてんば姫〟やねーん！」という、そのギャップがまた堪らないのだ。

そんな推しキャラの見合い話とは。

九郎は好きな女性声優が結婚したと聞いても、「こんな思いをするのなら花や草に生まれたかった」とはならず、素直に「おめでとうございます！」と考えるタイプなのだが、それも幸せな結婚だと信じればこそ。

ではキャロシアナのお相手だという、帝国の第四皇子とは何者なのだろうか？

「ゲームだと登場してないっすよね？」

超大型ＭＭＯＲＰＧである《アローディア》を、網羅するのは並大抵の話ではない。ゆえに隅々までやり込んだ自負のある廃ゲーマーの九郎だとて、取りこぼした要素や忘れてしまった情報、知らないＮＰＣなどなど、一つや二つはあり得る。

だから念のために確認したのだが、

「ええ、登場いたしません。歳もまだ十七とお若いのもありますが、有力な帝族でもなければ取り立てて見るべき才覚をお持ちの方でもなくて……」

メルティアは言いづらそうにしつつも、忌憚のない評とともに理由を口にした。

九郎としても半ば予想通りの答えだ。

《アローディア》はゲーム容量という制約があるために、この異世界アローディアの何もかもが再現されているわけではない。

なので何をゲームで実装するかはメルティアによって取捨選択されており、チュートリアルとして当然の話、この世界を訪れる魔術師に知っておいて欲しい要素が優先されている。

例えば〈王都〉の鍛冶師がゲームでは〝ギャラモン〟しか登場しなかったのは、彼を頼れば間違いないというメルティアの示唆なわけだ。

逆に言えばゲームにいなかった帝国の第四皇子とは、記憶するに値しないとメルティアが判断した人物ということになる。

（まあ、お姫サマと皇子サマのお見合いなんだから、政略結婚てことなんだろうけど……）

そんな人物が相手では、あまり幸せな結婚には思えないのは偏見か？

「これ、どっちから言い出したお見合いなんすかね？」

「ディマリア女王の話では〈帝国〉の方から、それもかなり急に話が舞い込んだそうです」

「そもそも〈ヴェロキア〉と〈帝国〉って仲いいんですか？　ゲームじゃあんまそんな印象がなかったんだけど」

「仰る通り、良好とは決して言えませんね。戦争こそ一度も勃発していませんが、経済的にはずっとライバル同士ですし、長らく緊張が続く関係です」

「なのにお見合いするんですか？　なんだかキナ臭い話っすね」

リアルな政治の機微などさっぱりわからない九郎だが、マンガだったら絶対トラブル起きるやつやんと、ついオタク脳で考えてしまう。

「私としても寝耳に水なのです。もし両国の関係を見直したいのだとしても、普通はまず修好のための外交使節をやり取りいたします。皇子と王女の結婚は、確かに両国友好の象徴となるでしょうが……いきなりそこから始めるのは、性急にもすぎるように思えます」

「ううううん……」

九郎が口を挟むべき問題ではないのはわかっているが、推しの〝おてんば姫〟に関わる話というのもあり、どうにもモヤモヤする。

しばし唸り続ける九郎。

するとそこへ、ベテランの女司祭がノックとともに入室してきた。

お茶とお菓子のお代わりだろうか？　と思ったら違った。

「メルティア様。ディマリア殿下のご使者がお見えになっておられますが……」

「もうですか？　予定の時間よりもずいぶんとお早いですね」

メルティアは少し困り顔になると、その使者に定刻まで待ってもらうよう指示した。

「いやいや！　俺は遊びに来てるだけだし、お暇するよ」

聞いて九郎は慌てて腰を上げる。

王家のメッセンジャーよりも九郎との時間をちゃんと優先する――メルティアの配慮は正直、うれしいものがあるが、同時に恐縮でもあった。

しかもこっちはアポなしで訪れた身だし、お仕事で来ている使者に申し訳がない。

（メルティアさんにわざわざ相談に来るくらいだし、女王サマもこのお見合いには思うところがあるんだろ。そこでメルティアさんの神アドバイスで、キャロシアナ姫の今後が良い方向に進むんなら、俺も一ファンとしてもうれしいしな）

そんな想いもあって、九郎は喜んで席を立とうとする。

ところが、すんでで待ったがかかった。

「ぜひクロウ殿にも同席していただきたい！　御身がここにいると聞いて、時間を繰り上げてきたんだ」

と――素晴らしくはきはきした声が、部屋の外から聞こえてくる。

女王の使者殿のものだろう。

そして、聞き覚えのある女性の声だった。

(ま、まさか⁉)

九郎は反射的に出入り口を振り返る。

メルティアに促(うなが)され、ベテラン神官の案内で、その人物が凛々(りり)しい顔を見せた。

「やあ、クロウ殿。メイド君は機嫌を直してくれたかな?　まあ悪くさせたのは、他ならないこの私なのだがねハハハ!」

(や、やっぱり『ミリアム』さんやんけー!)

まさかの女騎士さんのご登場に、九郎は驚かずにはいられなかった。

「『ミリアム』さんが仕えてる『さる高貴な女性』って、女王サマのことだったの⁉」

「うむ、実はそうなんだ。今まで秘密にしていて申し訳ない、クロウ殿」

「いやまあ、立場があるのもわかるすけどね」

しれっと答える女騎士さんに、九郎は理解を示した。

政治の機微など知らない中学生の自分でも、「実は女王殿下に仕えている」だなんて、おいそれと打ち明けられないのは想像がつく。

「どんな賢人にも劣らぬ叡智と洞察力の持ち主であるクロウ殿を、まさかこうも驚かせることができるとはね。一本とったとはこのこと、私も痛快だよ」

「だから買い被りすぎだからね⁉」

この女騎士さん、油断するとすーぐ褒め殺しにしてくる。


なお、引き続き応接間のことである。

九郎は席をメルティアと同じソファの隣に移し、女騎士さんと向かい合う。

またなお、こっちはアロード神族の体格に合わせたソファなので、身長一六九センチの九郎だと微妙に足が床に届かなくてブラブラする。

「じゃあ『ミリアム』さんって、いわゆる近衛騎士になるの？」

「いや、私は女王殿下直下の私設騎士で、どこにも所属しないし公には名も出せない。騎士位はちゃんと国王陛下から賜っているがね」

「へぇ～、いろいろあるんだねえ」

「ハハハ！　いろいろ複雑なのだよ、王家は」

《アローディア》では詳細されていなかった設定に、九郎は瞳を輝かせる。

裏で暗躍する女王の私設騎士とか、重度の中二病患者にはもう堪らない。

一方、九郎たちのやりとりを隣で聞いていたメルティアは、

「『ミリアム』様……？」

と何やら怪訝そうに首を傾げていた。

「はい、メルティア様。ディマリア女王の使いとして参りました、騎士ミリアムと申します。以後よしなに」

「あっ、はい……」

と何やら怪訝そうに、メルティアが首を縦に振っていた。

しかし呑み込むことができたのか、すぐに態度を改めて女騎士さんに訊ねる。

「それで今回は、どのようなご相談でいらしたのでしょう？」

「はい、メルティア様。そして、クロウ殿にもぜひ聞いていただきたい」

「お、おっす」

九郎もビシィッと居住まいを正し、了解する。

ただ政治の話なんて聞いてもろくにわからないだろうから、本当に聞くだけという態度。

気持ちはお地蔵様である。

果たして女騎士さんは静かに語り始めた。

「こたびのキャロシアナ姫の見合いについて、ヴェロキア王家は前向きに進める所存です」

「やはり両国友好の懸け橋になるならばとお考えですか」

「はい。〈帝国〉との緊張関係を修復できるならば、願ってもないことです。ですのでまずは彼らの申し出に乗ることとし、キャロシアナ姫の訪問も決定いたしました」

一応おめでたいはずの事柄なのに、女騎士さんの口調は硬い。

というか、まるで敵を前にしたような顔つきで恐い。

その理由もすぐにわかる。

「我が〈ヴェロキア〉は間違いなく修好を願っております。しかし、期待してはおりません」

「見合いは何かの口実で、〈帝国〉は腹に一物を持っていると？」

「はい。ナヴァル王以下重臣一同、まず策謀の類（たぐい）に違いないと考えております」

女騎士さんの声のトーンが、どこまでも重い。

（そりゃそうだよなあ。まず罠だろって思っててもお見合いに行くんだから、関係者全員気合が違うし肚も据わってるよなあ）

万が一、〈帝国〉の方に裏がなかった場合、見合いを断れば〈ヴェロキア〉の方が両国友好の握手を拒否したことになってしまう。

それは決してできないのも、罠に飛び込まなければならない覚悟も、九郎にも理解できた。王家の人間に課せられた重責の、凄まじさを感じた。

「そして、ここからが本題です――」

女騎士さんが告げた。

その目はなぜか、メルティアではなく九郎にひたと向けられていた。

「キャロシアナ姫の〈帝国〉訪問は一か月半後。何が起きてもよいよう、護衛は手練れ且つ気の利いた者たちを選抜します。ただし〈帝国〉を刺激しないために、多くは連れていけません」

「ええ、当然の配慮かと思います」

「そしてその護衛の一名として、クロウ殿のお力をお貸し願えないでしょうか？」

（ファッ!? 俺!?）

本題と前置きされても、まさか自分が当事者にはなるまいと油断していた九郎は、いきなりのオファーに目を白黒させた。

こっちの気を知ってか知らずか、女騎士さんはしかつめらしい顔つきのまま続けた。

「我が〈ヴェロキア〉は、騎士の質ならば如何なる国にも劣らぬ自負がございます。ですが、〈帝国〉は人族国家の中で最先端の魔術大国であり、魔術師団の数はエルフ族さえ凌駕すると言われております。その彼らに対抗する術が、我が〈ヴェロキア〉は充分とは言えないのです」

「だから、クロウ様に同行して欲しいと?」

「はい、メルティア様。このアローディアの何者よりも優れた魔術師として、メルティア様が異世界から招聘されたほどのお方であれば、万難排してキャロシアナ姫をお守りくださることと疑いありません」

女騎士さんが、凛々しく引き締まった顔つきで断言した。

九郎のことを褒め殺しにするのはいつものことだが、今日はいつになく真剣だった。

御身の実力は一緒に冒険した私が一番知っている――と、その表情に書いてあった。

「クロウ殿からのお返事を聞く前に、まずはメルティア様のご許可をいただくのが筋であると、ディマリア女王の命を受けて相談に罷り越した次第なのです」

「そちらの事情はわかりましたが……」

メルティアは口を濁すと、隣の九郎を見つめてくる。

かと思えば瞑目し、しばし考え込む。

果たして返答は如何に？　女騎士さんが固唾を呑んでその様子を見守る。

そして、メルティアが再び瞼を開いた時――

彼女の目はまさしく神仏の如き、透徹としたものとなっていた。


気さくで優しくて、ちょっとお茶目でヤンチャなメルティアとはまるで別人に見えた。

「クロウ様のお力を王家の事情に使っていただく許可は、出すわけには参りません」

その目で女騎士さんを見据え、きっぱりと答える。

「人族の問題は、可能な限り人族で解決すべきです。特に王家の方々には、民を守り導く力があると信じているからこそ、アロード神族は〈ヴェロキア〉一国の王権を託しているのです。そのことをゆめ忘れてはいけません」

「か、返す言葉もございませんっ」

メルティアの眼力に気圧され、いつも毅然とした女騎士さんが狼狽する。

「厳しいことを申し上げれば、仮に〈ヴェロキア〉と〈帝国〉の関係がこじれにこじれても、たとえ戦にまで発展して何万人が命を落とそうとも、それでこのアローディアが滅びるわけではありません。ですがクロウ様に託した願いは違います。究極魔法を創り、いつか蘇る魔王を討つための切り札とし、百年後の世界を救うために、遥々日本から来ていただいているのです。そのことを再度肝に銘じるよう、ディマリア女王にお伝えください」

「か、畏まりました！　私自身も猛省いたしますっ」

見たことがないほど、しゅんとしょげ返る女騎士さん。

九郎は見ていて可哀想になる。

そして、見たことがないほど「畏ろしい」メルティア。

さすがは神族の威厳というべきか。本気を出したら尋常じゃない。

九郎は普段、自分がどれだけ大切にされ、甘やかされているか身に沁みる。

(こわいから逆らわんどこ)

以後、気をつけようと思う。

正直、思う。

思うけれども——肩を落とした女騎士さんを見ていると——口を挟みたくなってしまう。

「あ、あのさ、メルティアさん……」

「はい？　なんでしょう、クロウ様」

おずおずと話しかけると、メルティアがぱちぱちとまばたきして応じた。

神仏の如く畏怖すべき雰囲気を湛えていた瞳が、それでいつもの気さくさと優しさを取り戻してくれた。

「メルティアさんが立場上さ、そう言わなきゃいけないのはわかるんだよ？　敢えて心を鬼にしてるのもね？　でもさ……ゴメン！　俺はこの依頼、引き受けたいです」

「あちゃあ」

さっきまでの威厳はどこへやら、メルティアの口から愉快な俗語が漏れる。

「まあ実は、クロウ様ならそう仰る気がしておりました。セイラの時がそうでしたし」

（それ言ったらメルティアさんだって、セイラさんを助ける時は見逃してくれたじゃん！）

お互い様だと思いつつ女騎士さんの手前、メルティアの立場が悪くなるような発言は控えた。

一方、その女騎士さんは喜色を露わにしつつも、

「本当に良いのか、クロウ殿？　メルティア様の仰ることがごもっともだと私自身、反省したばかりなのだぞ？」

「俺も筋が通ってるのはメルティアさんの方だと思う。だけど俺がお姫様の力になれるんなら、なりたいって思っちゃったんすよね。ワガママかもしれないけどさ」

「いや、当方にはありがたい話で、我が儘だなどと決して……。しかし、何ゆえ？　クロウ殿には我が姫への義理があるわけではないだろう？」

（いや義理ならあるよ。他でもない『ミリアム』さんが困ってたら、助けたいよ）

九郎はそう考えていたが、これも口にはしなかった。

すれば、責任感の強い女騎士さんは「理由が私のためならば、あまりに申し訳ない。どうか考え直して欲しい」なんて言い出しかねないからだ。

だから代わりの――ただし、これもまた本音の――理由を説明する。

「俺、直接本人に会ったわけじゃないけど、〝おてんば姫(キャロシアナ)〟のファンなんすよね」

「えっ⁉」

「だから好きなお姫様に身の危険が迫ってるなら、助けたいって思うのが人情じゃん？」

「なっ……なっ……」

「ついでにぶっちゃけると、せっかくお近づきになれるチャンスだからなりたい！」

「ふぇえっ？？？」

女騎士さんがなぜか、さっきメルティアに凄(すご)まれた時以上に狼狽していた。

「それは……っ。……何かの冗談ではなく？」

しかも恐る恐る聞き返す顔が、心なしか赤い。

ホンマなんでや。

「冗談じゃないすよ。マジトークすよ」

「いや……その……なんだ。クロウ殿にそこまで仰ってもらえるとは、姫もお喜びだろう」

何か後ろめたいことがあるのか、ゴニョゴニョと答える女騎士さん。

逆に残念がっているのはメルティアで、

「ファン活動なら止めても無駄ですね。ハァ……チュートリアルとして用意したあのゲームに、こんな副作用があるとは思ってもみませんでした。〝おてんば姫〟を魅力的に作り込みすぎてしまいましたかね」

と嘆きつつ、納得してくれた様子だった。

「でもさ、そういういちいちに魅力あるから覇権ゲームになったし、俺もハマったわけですし」

「ですよねえ。不可避の問題ですよねえ」

メルティアがくすりと噴き出し、それで九郎も一緒になって屈託なく笑う。

女騎士さんにとってはメタな話なので、理解できず困り顔になっていたが。

「じゃあ『ミリアム』さん、出発はいつにしよう？」

「う、うむ。そうだな、〈帝都ガイデス〉へは馬車で二十日ほどの旅になる。さらに十日ほど余裕を見たいし、なので遅くとも十五日後には出発したいところだ」

「おっけ。じゃあお互い準備もあるだろうし、〈吸血城〉の探索はしばらくお預けっすねー」

「いや、クロウ殿。諸々の準備から〈帝都〉への案内、道中滞在中の費用まで、些末事は全て王家に任せて欲しい」

「え、それは助かりますなあ」

「むしろ助けられているのは当方だ。これくらいは当然のことだ」

女騎士さんは自分の胸を叩き、真摯な顔で言った。

「だから御身さえよければ、城の探索はギリギリまで続けないか？」

「いっすねソレデ！」

「では探索デートは続行ということで。ハハハ、私も楽しみだ」

女騎士さんがいつもの快活な調子で笑い、九郎も釣られた。

そんな二人のやりとりを見て、メルティアも笑顔でそっと耳打ちしてくる。

（モテ期ですね、クロウ様っ）

せっかく忘れてたのに掘り返すのやめて⁉

†

「女騎士様の次は王女殿下にまでコナかけようとは、クロウ様は初心な顔してタラシですね」

セイラが冷た～い声音でそう言った。

帰宅後、夕食の席のことである。

いつものように恋人家族距離感で隣の席に座ったセイラが、じぃ～っと不満げな眼差しを突き刺してくる。

（まだ機嫌直ってなかったかあ……）

「いいえ、私も子供ではないので直しておりましたよ？　クロウ様にご心労をかけたお詫びに、美味しい夕食をウキウキで用意してお帰りを待っておりました。でもクロウ様が遠く〈帝国〉まで、両手に花の鬼畜浮気旅行をなさると聞いて、再び機嫌が悪くなっただけです」

「事情はわかったけど、当たり前のように人の心を読まないでください……」

「クロウ様はすぐ顔に出ますので」

セイラがクールを通り越した氷点下の表情で言う。

いい加減ご機嫌をとっておかないと、これ以上続くのはしんどい。

「俺もお詫びってわけじゃないけど、提案があります」

「聞きましょう」

「〈帝国〉までセイラさんも行かない？　そりゃお仕事だし完全旅行ムードってほど気楽じゃないけど、二人であちこち行ったらきっと楽しいと思うんだ」

「二人でではなく、女騎士様と王女殿下も交えた鬼畜ハーレム旅行でしょう？」

「鬼畜、鬼畜言いすぎじゃない⁉」

「冗談です」

セイラがニヤ～ッとイジワルな笑みを口元に浮かべた。

もういつもの、九郎をからかうのが大好きな銀髪お姉さんだ。

「……ホッとした」

「私の機嫌をとろうと頑張ってくださるクロウ様の、そのお気持ちがうれしかったので、何もかも許せる境地になりました」

「そりゃよかった……」

「ええ、たとえ鬼畜ハーレム旅行に堂々と誘われた、みじめな女になったとしても」

「本当に許してくれてる⁉」

九郎が悲鳴を上げると、セイラはイタズラっぽくこっちの頬をつつきながら、

「移動中、ちゃんと二人きりの時間も作ってくださいませね？」

「か、からかわないでよっ」

「今のは本気でおねだりしたのですが、まあそういうことにしておきましょうか」

とセイラは、今度はミステリアスな微笑を口元に浮かべる。

それが妙に色気のある表情で、九郎は気恥ずかしくて直視できなくなってしまう。

誤魔化すように、食事に集中する。

今夜は米と鯖、旬のアスパラガスをトマトと煮込んだリゾットが主食だ。

ちなみに〈神聖王国圏〉ではトマトは栽培されているのだが、お米は採れない。

しかし、九郎がアローディアに来て二週間が経ったころの話だ。

「米が食べたい……」と思わずこぼした独り言を、セイラが聞きつけた。

それで彼女は見たことも聞いたこともない米を求め、市場で探したりメルティアと相談したり、果ては旅の女神像の前で待ち構えて異国の人に片っ端から訊ねて、ようやく米の産地から来た旅人を見つけ出すと、話をつけて定期的に個人輸入することに成功した。

セイラの甲斐甲斐しさが伝わるエピソードである。

だから九郎が彼女のご機嫌をとるのも、打算的なものだけではなくて、大切にしたいという気持ちだって強いのだ。

そのセイラが今や彼女も好物になった米に舌鼓を打ちつつ、話題を振ってきた。

「お恥ずかしながら、私は〈帝国圏〉について漠然としたイメージしか知らないのですが」

教養がなくてすみません、と本気で頬を染めて質問してくる。

セイラにしては珍しく、且つ可愛らしい表情を九郎は間近で観賞しながら答える。

「俺も知識でしか知らないいんだけど――」


と、ネット掲示板で日々盛り上がっていた《アローディア》設定考察班の、受け売りを語る。

「〈帝国圏〉ってのは、この〈神聖王国圏〉のお隣にある地域なのは知ってる？」

「それは、はい。ですがまず、その〈圏〉というのはなんなのでしょうか？　普段から使っておりますが、よくよく考えたら意味を知りません」

セイラはまた恥ずかしそうにするが、日常単語の意味や由来を深く考えずに使ってしまうのは、人間誰でもあるある話だ。九郎もそうだし。

「俺も正確な定義は知らないいんだけど……例えば文化とか宗教とか価値観とかが、ほぼ同じ国が集まっている地域を〈圏〉て呼ぶみたい。〈神聖王国圏〉ならこの〈ヴェロキア〉を盟主とする大小十二の国家の集まりで、メルティアさんたちアロード神族を信仰してる、みたいな」

「なるほど……。そうしますと〈帝国圏〉の人々は、神族の皆様を信仰していないと？」

「そうそう！」

さすがセイラは聡明で、理解が速い。

「確か五百年前なんだったかな？　先々代の魔王を仲間とともに斃した、大魔術師がいるんだ。名前はガイデス。で、彼がその実績と名声を元に建てたのが今の〈帝国〉で、しかもガイデスは現人神を名乗り出して、自分自身を信仰の対象にするよう国民に命じたんだ」

「それで帝国人は今でもその魔術師風情を信仰して、メルティア様方を蔑ろにしているというわけですね？　建国者が傲慢極まりなければ、国民まで罰当たりな連中とはいやはや」

育ての親を敬愛すること著しいセイラが、嘆かわしそうにする。

放っておくと「そんな不快な土地に行くのはやめます！」とか言い出しかねないので、九郎は慌てて説明を続ける。

「で、その〈帝国〉を中心に――属州っていうんだけど――〈帝国〉に攻め滅ぼされたかつての国々を合わせた地域を、〈帝国圏〉って呼ぶみたい」

「さすが建国者が傲岸不遜なだけあって、ずいぶん野蛮なヤクザ国家のようですね」

「先の魔王大戦以降、ここ二百年は大人しくしてるらしいけどね。あと〈帝国〉は魔術の最先端を行く文明国でもあるけどね」

「魔術なんて学んだところで、ろくな人間にならないということですね」

「そこで俺を見るのやめてくれる⁉」

「冗談です」

（もうホントに俺のことからかうの好きなんだから！）

でも美人のお姉さんにいじられるのは、満更でもない九郎。

「だけど、まあ帝国の人が一般に排他的で、オレたちサイコーの唯我独尊（ゆいがどくそん）なお国柄ってのは、あるっぽいね。ヤクザまでは言いすぎだけど」

ゲーム《アローディア》では、〈帝国〉はある程度レベルが上がらないとたどり着くこともできない、中・上級者向けのエリアだった。

ゲームでも魔術のメッカで、〈魔術師（スペルキャスター）〉用の装備やアイテムが豊富に売られていたので九郎はよく拠点に使っていたが、住んでるNPCたちは鼻持ちならないキャラが多かった。

「特に魔道院の奴（やつ）らが、横柄（おうへい）でクソムカつくんだよなあ」

報酬（ほうしゅう）が美味しいクエストをよく依頼してくるから、舌打ちしながら受けるのだが。

「その魔道院と仰いますと？」

「〈帝国〉は魔術師を重用してて、それこそ騎士なんかよりエリート職なのね？　養成機関も研究所もいっぱいあってさ。その中でも皇帝お抱えの、一番優秀で権威もあるのが魔道院」

どれくらい優秀かというと、長官である〝尊師ラカニト〟のレベルは七十一。

上級プレイヤーと比べると大したことはないが、NPCで七十台というのは《アローディア》ではほとんど登場しないので、作中でどれだけ偉大扱いされているかは推して知るべし。

〝ラカニト〟が発注する高難度クエストに、彼と共闘するものがあるのだが、戦闘中ずっと〝尊師〟の厭味ったらしい台詞を聞かされ続ける、熱くもなんともないクソクエだった。報酬は美味しいけど。

(俺が警戒しなきゃいけない相手ってのが、あいつらになるんだろうな。あーメンド)

今回の見合い話がやっぱり罠で、もし〈帝国〉が直接、間接を問わず魔術による危害を加えてくるとしたら、出張ってくるのは魔道院のエリートたちに違いない。

ともあれ、セイラも〈帝国圏〉のことをざっくりと理解できたようだ。

「私たちのせっかくの初旅行が、そんな不快な土地になるなんて……。クロウ様、女性を誘うのは結構ですが、旅先のチョイスはよくよく吟味なされた方がいいですよ？　私ですから我慢いたしますが、他の女性でしたらその場でフラれてしまいますよ？」

「道中はいろいろ観光名所もあるからね！　それにどうせ〈帝国圏〉に入ったらお仕事モードにならなきゃいけないからね！」

またからかわれてるだけだと理解しつつ、九郎は早口になって弁明する。

「ではその道中を楽しみにしておりますね？」

そう念を押したセイラが、一拍置いておかしそうに「ふふっ」と噴き出す。

これまた珍しい、無邪気な笑顔。

その破壊力に九郎はドギマギしながら訊ねる。

「な、なんか笑いどころあった？」

「はい。よくよく考えたら異世界からいらっしゃったクロウ様に、アローディア人の私がこの世界のことを教わっているのが、おかしくて」

「あはっ。確かにあべこべだね！」

九郎も思わず相好を崩す。

皿の中身が空となり、夜が更けていく。

だけどセイラとの談笑は、なかなか終わらない。

（旅行かあ。正月に祖父ちゃんちへ行って以来だなあ）

まして両親以外と行くとなると、一昨年の修学旅行以来の話だ。

そしてセイラと一緒なら、今までで最高の旅行になるに違いない。

（俺も楽しみになってきた）

セイラと見上げる旅の空に想いを馳せ、胸躍らせる九郎だった。

†

なのに――

「これが楽しみにしていた道中ですか、クロウ様」

セイラが冷た～い声音(こわね)でそう言った。

あれから早や二週間後、馬車の客車(ワゴン)のことである。

運転は王宮付き(プロ中のプロ)の御者任せ。

また内装が外装に負けず劣らず豪華で、クッションの効いた座席が向かい合うように二つ。

二人ずつならゆったり四人、詰めれば三人ずつ六人でも乗れる広さがある。

その座席の向かいに、セイラが腰かけていた。

セイラの隣には女騎士さんが腰かけていた。

早朝、迎えに来てくれて、これから約二十日間、この三人で顔を突き合わせて馬車旅をする運びになったのである。

それがセイラさんは気に食わないらしい……。

「『〈帝国〉までセイラさんも行かない？　そりゃお仕事だし完全旅行ムードってほど気楽じゃないけど、二人であちこち行ったらきっと楽しいと思うんだ』」

いつぞや九郎が口にした台詞を、セイラが真似(まね)して蒸し返す。

「これのどこが二人旅でしょうか？　あの時の私の胸の高鳴りを返していただきたいです」

「もう勘弁してよセイラさん！」

悲鳴を上げる九郎。

（あの時、胸が高鳴ったような顔してなかったじゃん！）

というツッコミは、火に油を注ぐだけなので自粛。

一方、そんなやりとりを眺める女騎士さんは、楽しげにほくそ笑んでいる。

「くくっ。お邪魔虫が乗り合わせて、本当にすまないな」

「念のために確認いたしますが、それは私への謝罪と考えてよろしいですか、騎士様？」

「いいや、クロウ殿への謝罪だが、メイド君？」

「それではまるで私の方がお邪魔虫だと聞こえるのですが？」

「もちろん婉曲的にそう言ったのだよ？」

せっかくの旅行なのに、のっけからバチギスにやり合うメイドさんと女騎士さん。

（……これが二十日続くのぉ？）

九郎は胃が痛くなってきた。

しかし、女の戦いは止まらない。フン！　と互いにそっぽを向き合ったかと思うと、セイラがこれみよがしな仕種で窓の外を眺める。

馬車の周りには警護の騎士が三十人、騎馬を駆って随行している。

女騎士さんの部下だという若手たちだ。

セイラが彼らを指しながら、

「『ミリアム』様もこんなところでサボってないで、同僚の皆様に倣っては如何ですか？」

「ご忠告ありがとう、セイラ君。しかし私は主人の代役として、〈帝都〉に着くまではクロウ殿を歓待するよう仰せつかっていてな。お客人が道中で退屈せぬようにと、ここで話し相手を務めるのが役目なのだよ」

「然様ですか。では存分に楽しませていただきましょう」

セイラはクールな声でそう言うや腰を上げ、お客様ポジション——すなわち九郎と同じ座席へ移動する。

しかもゆったりスペースのある座席で、わざわざ肩が触れるほど近い隣に！

「さあ、笑い話でも失敗談でもけっこうですので、ぜひ愉快にさせてくださいませ」

と挑発的な眼差しで言うセイラ。

しかし女騎士さんも負けていない。

「うむ。失敗談というとな、私はどうも馬車で酔い易い性質らしい。特に今みたいに進行方向逆の座席にいると、十中八九胃の中のものを吐き散らかしてしまう」

なので失礼するよ、と女騎士さんまで九郎の右へ移動してくる。

しかもやっぱり肩が触れるほどの近さで！

「どうして騎士様までこちらにいらっしゃるのですか？　歓待役はどうなさったのですか？」

「別に三人並んで座っても、話し相手くらいは務まるさ」

「作法の問題です。騎士様なのに、そんなこともご存知ないので？」

「しかし車内がゲロまみれになったら、メイド君も困るだろう？」

「当て付けるように品のない言葉を使わないでください」

「ハハ！　まあいいから、もっと詰めたまえ。三人座ると狭いんだ、この席は」

そう言って女騎士さんが、もっと九郎に密着してくる。

「どなたのせいで狭くなったと思っているのですか、呆れますね」

そう言いつつセイラが、さも不可抗力でそうなったように密着してくる。

（急に連携するやん）

左右から柔らかくて温かい体に挟まれて、九郎は悩ましい気持ちにさせられた。

思春期の少年に、美人のお姉さんたちにサンドイッチされるのは刺激が強い！

「あの……マジでこの状態で馬車旅するんすか……？」

「何か問題が？」

（急にハモるやん）

つい最前までバチバチにやり合っていたのはなんだったのか？

九郎は憮然とさせられる。

すると――女騎士さんがもう我慢の限界だとばかりに、「ぶふっ」と豪快に噴き出した。

釣られてセイラまでクスリとした。

「ハハハ！　悪かった、クロウ殿。これから二十日もの間、ずっと狭い馬車の中で顔を合わせ続けるというのに、いつまでもギスギスしているほど私も空気が読めない女ではないよ」

「ええ、冗談ですよ」

「マ……？」

「今のだって猫がじゃれ合うようなものさ。そうだろう、セイラ君？」

「ええ。それにクロウ様のオロオロされるお顔が、とても楽しかったですクスクス」

「勘弁してよぉ……」

九郎は肺の中を搾(しぼ)り出すように大きく嘆息(たんそく)した。

もちろん安堵(あんど)のため息だ。

からかわれていただけだとわかっても許せる。大好きな二人が、犬猿の仲のままでいるよりずっといい。

安心したら、周りの景色を見る余裕が出てきた。

朝霧もすっかり晴れ、〈王都〉を発った馬車は街道を進んでいる。

〈ヴェロキア〉の大水源でもある〈シャヌ河〉、その流れに沿って南西へ走る広い道で、石畳で綺麗に整備されている。

道の長さ自体はさほどでもなく、半日ほどで〈港町ティポー〉——そして海へとたどり着く。

以上がゲームで疑似体験した知識だが、本物を目の当たりにするのは無論これが初めて。

〈シャヌ河〉は河口へ近づくに連れて急激に川幅が広くなり、だんだんと雄大な景観となっていく。既にこの辺りはそうで、窓から眺めると向こう岸の遠さに、日本だとなかなか拝めない眺望に、九郎は胸がすく想いがする。

行商人らの馬車の往来や、川を下る貨物船がウジャウジャ視界に入るのでなければ、もっと景色がよかっただろうが。

まあ、これればかりは仕方がない。

電灯など存在しない世界であるアローディアの人々は、早寝早起きが基本だ。

女騎士さんが早朝の出発を望んだように、流通に携わる人々だってこの時間から働きたい。あらゆる輸送経路がラッシュアワーになるのは必然というもの。

特に〈ヴェロキア〉はアローディア屈指の大都市だから、物の出入りも激しいのである。

目的地こそ同じ〈港町ティポー〉だが、積荷も作りもバラバラな馬車の群れが、ズラ～ッと行列をなして進む様は、これはこれで見物かもしれない——九郎はそう思い直した。

逆に他の者たちから見ると、王室御用達の絢爛馬車に周囲を固める護衛の騎士たちと、九郎らの様こそ奇異に映っているかもしれない。

「キャロシアナ姫の馬車が別行動なのは、やっぱこれ以上悪目立ちしないためなんすかね？」

右隣の女騎士さんに訊ねてみる。

「いや、姫殿下は馬車旅をなさらないぞ」

女騎士さんがあっけらかんと答える。

「それってもしかして、旅の女神像を使って一瞬で〈帝都〉入りってこと？」

「うむ。姫殿下は〈帝都〉にも何度か、お忍びでご訪問あそばしているからな」

（はー、さすが〝おてんば姫〟）

と感心する九郎。


世界のあちこちに祀(まつ)られている女神像は、〈ハイラディア大神殿〉にある旅の女神(ミケノンナ)のお社(やしろ)とを一瞬で行き来できる有用極まりない転移装置(ワープ)なのだが、一点だけ不便がある。

それは一度は現地へ足を運び、祈りを捧げた女神像でないと転移の恩恵に与(あずか)れないのだ。

だから〈帝都ガイデス〉に行くのは初めての九郎とセイラは、こうして馬車で向かう必要があるし、既に訪問したことのあるキャロシアナはその気になれば、旅の女神像を使っていつでも何度でも一瞬で往復できるという仕組みだ。

（だからって一国のお姫様が、敵とは言わんけど緊張状態にあるお隣まで行ってたなんてなあ）

お城でじっとしていない人なのはゲームで知っていたが、せいぜい〈神聖王国圏〉の各地を飛び回っているのだと思い込んでいた。

向こう見ずにもほどがある。

「なので姫殿下と我々は、現地合流する予定だ」

と女騎士さんの説明が続く。

「姫殿下がご帯同なされる侍女や護衛の騎士たちも全員、〈帝都〉に転移できる者たちを選抜した。逆に今この馬車を警護している者らは、〈帝都〉の訪問経験がない奴らばかりだ。腕は立つ連中だし、これを機会に転移できるようにしておけとの姫殿下のご配慮なのだ」

「道理で若手の人ばっかりなんすねー」

そうはいっても全員二十歳前後の、九郎よりかなり歳上（としうえ）の騎士ばかりだが。

（つーか、そういえば『ミリアム』さんって年齢不詳だよな）

九郎の（当てにならない）感覚的には、大学生くらいに見えるのだが。

気にはなるが、女性に歳を聞くのは憚（はばか）られる――

「そういえば『ミリアム』様はおいくつなのですか？」

――と思ったらセイラさんが言ったー！

「私か？　フフフいくつに見える、メイド君？」

「そういう台詞が出るのはババアの証拠ですよ、騎士様？」

「……私はまだ二十歳だ」

「**ババア**ですね。ぴちぴち十七歳の私とは大違いの」

「……三年後に同じ台詞を聞かせてもらおうか？」

（仲良くするんじゃなかったのー⁉）

油断するとすぐにらみ合って火花を量産する二人に、九郎は白目を剝く。

いやバチバチ火花を散らしているうちはいいが、ドッカン爆発するのはゴメンなので、空気を換えるために質問する。

「旅の女神像を商売に使うのはダメって聞いたんだけど、政治利用はオッケなんすかね？」

「それは都度、神族の方々にご許可をいただくことになっている」

真面目な質問だったからか、女騎士さんも真面目な態度に戻って答えた。

「今回は一応、名目上は両国の修好だからね。政治利用でも平和目的ならば、すんなりご許可が出るのが通例だ」

なるほど納得である。

「私からも質問よろしいでしょうか？」

「構わないとも、メイド君」

「キャロシアナ殿下はおいくつなのでしょうか？」

いきなりな質問を、しかしそこが重要だとばかりに、気合を感じさせる顔で訊ねるセイラ。

「……姫殿下は御歳二十でいらっしゃるが？」

「承知致しました。ありがとうございます」

「……今、**ババア**だと安心しただろう、メイド君？」

「さて、なんのことやら」

（せっかく空気戻したのにー⁉）

油断するとすぐにらみ合って火花を量産する二人に、九郎は冷や汗を垂らす。

「わ、わあ～、『ミリアム』さんとキャロシアナ姫って同い歳なんすね～」

仕方なく再度の調整を図る。

気分はもはや人間空気清浄機だ。

「うむ。姫殿下とは同じ乳を飲んで育ったのだ」

「いわゆる乳姉妹なんすね～」

マンガやラノベではよく見た設定だが、実物に会う日が来るとは思っていなかった。

そして、ということはやはり女騎士さんは高貴の生まれなのだろう。平民がお姫様と乳姉妹とか考え難いし。

ともあれ――キャロシアナとそのご一行の事情はわかった。

「お姫様と会えるのは来月までお預けっすねー」

一ファンとしては、それも楽しみにしていたので残念である。

「ひどく残念そうですね、クロウ様」

（また顔に出てたぁ!?）

すかさずセイラにジト目でツッコまれ、九郎は跳び上がりそうになる。

「そんなに姫殿下と鬼畜ハーレム旅行がしたかったのですか、私たち二人では飽き足らず」

「ハハハ！　いくら英雄色を好むとはいえ、目の前の華を愛でもせず寂しがらせるようでは、男子失格だぞクロウ殿？」

柔らかい体で左右からウリウリと幅寄せされ、九郎はタジタジに。

（ナンデすぐケンカするのに俺を責める時だけ連携バッチリなわけ!?）

この二人、もう仲がいいのか悪いのか。

ワケワカンネーと苦笑いを浮かべる。


そう、なんだかんだ口元は緩んでいた。

修学旅行のバスの中だってこんなにはにぎやかじゃなかったことを思い起こせば、セイラがいて女騎士さんまでいる馬車旅なんて贅沢にもほどがある。

（それこそ『ミリアム』さんだったら、「両手に花で何が不満だね？」とか言いそう）

実際に言うか、試してみようか？　いや、やめとこ。

そんな由無し事を考えながら——

九郎のアローディア初遠征は、いよいよ始まったのだった。

†

そんな九郎らの乗る装飾華美な仕立ての馬車を、ひたと監視する者がいた。

目深にかぶったフードから覗く牙。

九郎を目の敵にする、〝半人半妖の吸血姫リリサ〟である。

〈シャヌ河〉の遥か対岸から、常人の視力ならば豆粒大にしか見えない馬車の様子を、魔力を凝らした目でつぶさに観察する。車内にいる九郎らの、身振り手振りまで克明にだ。

そうして馬車から微塵も目を離さず、訊ねる。

「クロウといったわね、あの魔術師」

『そうだ。異世界ニッポンからやってきた、まだ子供だそうだ』

「憶えた」

吐き捨てるようにリリサは言った。

強がりだ。

（まだ子供で、あれほど化物じみた手練れなわけね……）

母アルシメイアとの戦いぶりを思い出しただけで、震え上がりそうになる自分を誤魔化したにすぎない。

　復讐はマスト。

　しかし自分にはその実力がない。

　だから搦め手を用いる必要がある。

「あの隣にいる女がセイラとやらね？」

　馬車から目を離さずもう一度、すぐ足元にいる野ネズミに訊ねる。

『そうだ――』

　野ネズミは魔族の言葉を口から発した。

『あの魔術師が入れ込んでいる。アンタのご母堂を討ったのも、あの娘を助けるためだったと耳にした』

「あっそ。それは相当な熱の入れようね」

　リリサは目を細めると、

（異世界の魔術師と正面からやり合うのは難しくても、あの女を使えば……）

　対岸の馬車の中で大口を開けて笑っている女を、ひたと標的に見据えた。

　それから意を決するように踵を返す。

「ありがとう、〝情報屋〟。また何かあったらお願い」

　懐から取り出した宝石を足元に放る。

『ああ、いつでも歓迎だ。お宝さえ持ってきてくれりゃね』

野ネズミはまるで人のような表情で嫌らしく笑うと、宝石をくわえていずこかへと去った。

それを一瞥(いちべつ)し、リリサもすぐに立ち去った。

第三章　九郎、旅路を満喫する

〈王都〉を出立し、馬車で揺られること半日——

「海だあああああああっ！」

緩(ゆる)い坂道の上から遥(はる)か行く手に見えた、砂浜や水平線の広大な眺(なが)めに九郎(くろう)は叫んだ。

これがコバルトブルーの海というやつだろうか？

碧(あお)みがかった水面が、こんなに離れていてもとにかく綺麗(きれい)で興奮する。

沖縄の海なんてテレビでしか見たことがないが——きっと同じくらい澄んでいるのだろうと仮定すると——いざ生で見た感動は半端(はんぱ)じゃなかった。

「これが……海……」

と隣でセイラも言葉を失っている。

自動車もなければ気軽に旅行もできないアローディア人の彼女だから、海というもの自体を初めて見たに違いない。

（ファースト海がコレとか羨(うらや)ましい）

眼前の光景に心奪われたままのセイラの、惚(ほう)けた顔を見て微笑(ほほえ)ましくなる。

九郎など物心ついた時にはテレビで海なんて見飽きていたし、いざ両親に瀬戸内海へ連れていってもらった時も、「キタネエ！　クセエ！」というろくでもない感想しかなかった。

（まあ潮臭いのはここも変わらないかもしれないけど）

とにかく砂浜まで行ってみたい。

しかし、焦る必要はなかった。

街道から海岸線が見えればもう後は、〈港町ティポー〉は目の前。

午後三つの鐘が鳴る前に到着できた。

「今日はここで一泊し、明日また早朝に出発する予定だ」

と女騎士さん。

「じゃあ、あちこち見て回る時間あるね！」

「うむ。だがその前に腹ごしらえをしないか？　早めのディナーと洒落込もう」

「いいすね！」

朝飯を食べたきり、道中の休憩がてらに軽い弁当をつまんだだけなので、確かに空腹だった。

「ハハハ、いい返事だ！　〈ティポー〉はやはり海の幸が美味い。スズキにヒラメ、アワビにサザエ、エビにカニとなんでもあるぞ。ウニはまだ時期が早いだろうがな」

と、女騎士さんの話を聞いているだけで口に生唾が湧いてくる。

〈王都〉には様々な食材が集まってくるが、鮮魚となるとやはり川魚ばかりだった。それが日本人の九郎には不満だった。

アローディアに来て一か月と少し。溜まりに溜まったその飢餓を、今日一気に満たす！

（刺身で食べる文化はこっちにないから無理にしても、白身魚や甲殻類が貪ればいいっ）

そのためにも店選びは重要だ。

間違っても不味い料理屋に入ったら、後悔してもしきれない。

「——てなわけでアソコ行きましょうよアソコ！」

「ふむ。クロウ殿には当てがあるのか？」

「道案内はできないけど、誰かに聞けば多分教えてもらえるっす」

「なるほど。クロウ殿の希望なら、私に否やはない」

「私もお任せします」

とセイラも同意してくれて、早速道を訊ねることに。

女騎士さんの指示で御者が馬車を止め、また九郎が告げた店名に心当たりがないか、目抜き通りを行く町人に聞いて回る。

またその間に女騎士さんは、護衛の人らに半数ずつ交代で自由時間をとるよう指示も出す。

御者が戻ってくるまでは時間がかかった。

しかし首尾よく場所を聞き出すことができたと、移動を再開した。

「そう有名ではなく、きっと知る人ぞ知るタイプの名店なのだろうな」

「どうやらそうらしいっすねー」

「……そうらしい？」

女騎士さんは怪訝そうにしたが、件の店は偶然近場にあり、九郎が何か答えるより先に現地へ到着した。一本裏の通りにある食堂が、路地の隙間から覗いていた。

「行きましょう！」

九郎はもう堪らず客車を飛び出し、路地を走る。


テーブルが五つあるきりの小さな食堂だった。

入り口には〝活魚の雄叫び〟亭の大きな看板。

「鮮度以外は売ってねえ」と店主の走り書きが添えられている。


（ああっ……ゲームで見たまんまだ……！）

と九郎は、コバルトブルーの海を目の当たりにした時以上に感激する。

そう、迷うことなく店を選ぶことができたのは、この〝活魚の雄叫び〟亭が《アローディア》の方の〈港町ティポー〉にある、唯一の食事処だったからだ。

〝ギャラモン親方〟がゲームの〈王都〉にいる唯一の鍛冶NPCで、リアルでは〈ヴェロキア〉ナンバーワンの腕前を持つ職人だったのだから、ゲームの〈港町〉にある唯一のレストランもまた、リアル〈ティポー〉で一番美味しい店に決まっている。

（メルティアさんのチュートリアルを信じろ!!）

女騎士さんが苦笑いするほどの勢いで、九郎は店内へと突撃する。

たまたまテーブルが一つだけ空いていて、恰幅のいい女将さんがすぐに案内してくれる。

「ふむ。私にもわかるぞ。この店、当たりの臭いがする」

遅れて着席した女騎士さんが、小声で言ってニヤリとした。

「騎士様の鼻は当てになるのですか？」

というセイラの憎まれ口にも動じず、

「昼食時はとうに終わり、夕飯にはまだまだ早い。にもかかわらず、このにぎわいだ」

と周りのテーブルを目で示しながら、セイラも納得させる理由を語る。

そんな食道楽の片鱗を見せる女騎士さんがテキパキと注文してくれて、九郎は皿が運ばれてくるのを今か今かと待つ。

厨房には四十がらみの大将が一人立っているだけだが（これもゲームと同じ！）、手際が良いのか次々と料理がやってきた。

五十センチはあろう大物の鯛の塩焼き。具がどっさりの海老と浅蜊のスープ。野菜とどっちが主役かわからない春の蟹サラダ。豪快！　鯊の丸揚げ。

――などなど、テーブルに所狭しと魚介料理が並ぶ。

「このタイ、身がメッチャふんわりしてる！！！？？？」

「鮮度もいいが、親父の焼き方が上手(うま)いのだろう。ほら、メイド君も遠慮していないで、このスープを食べてみろ」

「川エビと違って臭みがなく、身も食べ応(ごた)えありますね。ダシは何を使ってるのでしょうか？」

「俺、わかる！　なんかの魚の骨！」

「ハハハ、それはわかっているうちになるのかい？」

「でも勉強になります。骨なら〈王都〉でも手に入るでしょうし、今度作って差し上げますね」

「セイラさんてばこんな時までお仕事モードなんだから真面目(まじめ)すぎっ」

「クロウ殿の言う通りだ。ほら、このフライを食べてみろ。ただ丸のまま揚げたように見えて、しっかり中骨と内臓は抜いてある。職人の仕事だぞ」

「うるさく勧められずとも、ちゃんといただいておりますよ。騎士様は私のお母さんですか」

――などと、ワイワイ言いながら魚介料理に舌鼓(したつづみ)を打った。


（港町サイコー！）

空腹もずっと抱いていた飢餓感も、すっかり満たされる九郎。

反比例して、こんなに並んでいる皿がすっかり空だ。

食べ盛りの九郎は当然、女騎士さんも健啖家だし、セイラも女性としては小食ではない。

「うむ、美味かった。私は〈ティポー〉に何度も来ているし、名店と呼ばれるところは一通り試したつもりだったが、ここは完全に見落としていたな」

「私はこんなに新鮮な海の物を食べたのは初めてで、正直ちょっと感動しています」

「二人に喜んでもらってよかった！」

この店をチョイスした九郎もなんだか鼻が高い。

一方、女騎士さんは不思議そうで、

「しかしクロウ殿は、〈ティポー〉に来るのはこれが初めてなのだろう？」

「うん、（リアルでは）初っすね」

「ではなぜ、これほどの隠れた名店を知っていたのだ？」

「それは（ゲームを通してだけど）メルティアさんに教わったんだ」

と、方便を使う九郎。

別に《アローディア》のことは秘密でも口止めされてもいないが、コンピューターゲームの存在しない世界の人に包み隠さず説明しても、メタすぎて理解されないだろう。

「さすが神族のお方ともなると、遠くの町の路地裏の名店までご存知なのだなあ」

女騎士さんがしみじみと感嘆した。

「メルティア様はあれで実は食いしん坊でいらっしゃいますしね」

セイラが親愛のこもった口調で、メルティアのことを茶化して言った。

「ああ、メルティアさんってそうなんだね」

今度は九郎が大いに納得いって、膝（ひざ）を叩（たた）く。

（道理で《アローディア》って、食いもん関係の作り込みが凝（こ）ってるはずだよ）

ゲームの仕様的には〈満腹度〉というパラメータを維持するだけのシステムでしかないにもかかわらず、料理や食材オブジェクトのテクスチャ描写やアイテムの設定説明欄（フレーバーテキスト）に、バリバリにこだわりを感じるのだ。

この〝活魚の雄叫び〟亭だってそう。

ゲーム内では常にＮＰＣ客で満席で、テーブルには見ただけでヨダレが出そうな海鮮料理（のテクスチャ）が並んでいた。

厨房には入れなかったが、カウンター越しにキラキラした魚介の食材が見えた。

ちょうどその時、夕飯前にプレイしていたので、九郎は「腹減ったー！」と叫んだものだ。

（あん時ほど〝本当に旨（うま）い魚〟ってのを食べてみたいって思ったのは、父さんに借りて読んだ『美味（おい）●んぼ』以来だよな）

現代日本ではお金さえ出せば、いつでもどこでもなんでも食べることができる。

しかし九郎の家の経済事情で口にできるのは、スーパーで買った魚や回転寿司くらいのもの。

比べるとこの世界（アローディア）では流通事情が前近代レベルで、どこでもなんでもは食べられない。

文明レベルも違いすぎて、シンプルでない技法や知識が必要な料理は大衆店では出てこない。代わりに地場物の食材の美味さは、現代日本では及びもつかなかった。且つ安価だった。

そして、メルティアに召喚されたおかげで、九郎は〝本当に旨い魚〟を食べるという想いを叶えることができた。

さらには――一緒に食卓を囲んでくれた、セイラと女騎士さんの存在が大きい。

この美味と感動を分かち合い、語り合えることの、なんと幸せか。

きっと〈王都〉に帰った後も先々まで、「あの時〈ティポー〉で食べたカニがさ～」なんて談笑の種になるに違いない。

この喜びばかりは、一人飯ではどんな美食でも味わえなかった。

渇望も満たされたことで、九郎はようやく周りが見えるようになってきた。

それで遅まきながら気づく。

自分たち三人が食べるばかりで、護衛の騎士たちを外に待たせていることを。

それも営業妨害にならないように、ちゃんと分散してさりげない様子で立っている。

「俺、食べるのに夢中で気が回らなかったんだけど……」

「お気になさるな。彼らはこれが職務で、この程度で不満に思うほどヤワではない」

「でもあの人たち、何も食べてないすよね……？」

「半数には自由時間を与えただろう？　交代時間が来れば、いま外にいる奴（やつ）らも好きに食べに行くさ。一兵卒ではないんだ、金もあるし遊び方だって知っている。クロウ殿が心配せずとも、羽目を外さない範囲で港町を謳歌（おうか）するよ」

「なるほどなあ」

一つのプロフェッショナリズムを感じ、九郎はこれ以上気にかけるのは野暮（やぼ）だと理解した。

「というか私に言わせればだね――」

女騎士さんはそこで一度言葉を切り、イジワルな視線をセイラへ向ける。

「――メイド君が主人と同席して食事している方が、よほど奇妙なことだと思うよ？」

「むっ」

と揶揄（やゆ）されたセイラの目が据わる。

「コレを食べろアレを食べろとお母さんみたいにうるさく勧めてきたのは、どこのどちらの騎士様でいらっしゃったでしょうか？」

「セイラ君こそ道中、作法（マナー）がどうのこうのと私に説教してきたが、果たしてどのメイド口（ぐち）が言っていたのやら」

「食事はメイドも同席するのが、クロウ様が決めた当家のマナーですので悪しからず」

「そこで諫止（かんし）するのではなく、主人の好意に甘えてしまうのはド三流だと思わないかい？」

「私こう見えて本職は神官なのでよいのです」

と――さっきまで仲良くご飯食べてた二人が、もう低次元の口ゲンカを始める。

性格の問題なのか相性の問題なのかなんなのか。

（せっかくの満腹感が台無しだからもうやめようよぉ！）

こんなのまで思い出になって、〈王都〉に帰った後も先々まで話題になるのだとしたら、嫌すぎた。

†

真っ赤な夕日が、水平線の彼方にゆっくりと沈んでいく。

応じて空の色が、天の頂から段々と紫紺に染まっていく。

砂浜から見えたそんな神秘的な情景に、九郎はしばし心を奪われる。

同じ海でも対岸に四国が見える瀬戸内では、これはお目にかかれなかった。

「綺麗ですね……」

隣でセイラがぽつりと言った。

確かに他に言葉が出ない。クドクド表現したくない。そんなのは詩人にでも任せたい。

だけど九郎は、そこを敢えて足を止めない。

敢えて無粋なことを思う。これは日本でも見ることができる、と。

「あっちでもっと凄いものが見れるよ」

そう言って、セイラを先導する。

〈ティポー〉から目と鼻の先にある岬を指差す。

距離にして一キロメートルないだろう。砂浜なので足を取られるが、不動産屋なら「ほんの徒歩十分ですよ」とか言いそうだ。


この〈サンドリオの岬〉は、ゲームにも登場するランドマークだった。

目立つ灯台も建っているが、目的地はそこではない。

岬の断崖部分の根元に、大きな海蝕洞がある。

潮の満ち引きにより昼間は水没しているが、夕刻ごろから歩いて入ることができる。

そこをリアルで見に行きたいし、セイラにも見せたいのだ。

ちなみに設定考察班曰く、潮汐の時間は毎日少しずつズレていくもので、季節を問わず夕方に必ず干潮になるのは異常だそうだが、同時に〈サンドリオの岬〉周辺の潮流には巨大な魔力が作用しているのだろうとも考察されていた。

実際そう思わせるだけの根拠も、洞窟内へ足を運べば一目瞭然なのである。

（セイラさんもきっと驚くだろうな）

早く見せてあげたくて、九郎はうずうずする。

とはいえ急ぐにも限度がある。

セイラは律儀にメイド服のままで、靴だけ宿屋でビーチサンダルを借りてきたのだが、それでも初めて歩く砂浜には難儀していた。

今も砂まみれになったサンダルを、片方ずつ脱いで砂を落としている。立ち止まったことを申し訳なさそうにしつつ（気にしなくていいのに！）話しかけてくる。

「『ミリアム』様はお誘いしなくてよかったのですか？」

「いやだってセイラさん、二人きりの時間もちゃんと作ってって言ったじゃん……」

言葉にするのは照れ臭くて、九郎はゴニョゴニョと答えた。

「あれは冗談で言ったのですが」

「また俺の純情、弄(もてあそ)んだのね⁉」

「しかし憶(おぼ)えていてくださったクロウ様のお気持ちは、うれしいと思いますよ？」

そう言ってサンダルを履き直したセイラは、九郎の腕に腕をからめてきた。

「ちょっ⁉　これもまた冗談⁉」

「いいえ。歩きづらいので、寄りかからせてくださいませ」

そう言ってセイラは体重を半分、預けてくる。

べったりとしなだれかかられ、九郎の動悸が急激に早まる。

(で、でも歩きづらいんじゃしょーがないよなっ)

九郎はする必要もない言い訳を心の中でしながら、しっかりセイラを支えて歩いた。軽いものだ。今の九郎の肉体は、本来の自分のものよりずっとタフだから。

メルティアに魂だけをアローディアへ召喚され、その器として用意されたアーティファクトの義体なのである。九郎の魔力をエネルギー源とし、またその魔力量に応じて身体能力や運動神経等を高める効能を有していた。

加えてありがたいことに、九郎たちが冷やかしの眼差しを浴びることもなかった。

周囲にはカップルの姿が散見できて――やはりムードのある夕暮れの砂浜で、イチャイチャしたいのは皆同じなのだろう――くっついて歩いているくらいでは、まるで目立たなかった。

日も半ば以上が落ちて、風が涼しくなっていく。

おかげで触れるセイラの肌から伝わる体温を、よけいに意識させられる。

どうにも落ち着かない気分のまま、あまり速足にならないよう気をつけて岬を目指す。

しかもこんな時に限って、セイラが何もおしゃべりしてくれない。

九郎に寄りかかり、美しい夕日と砂浜を堪能しながらの散策に、どこかうっとりしているようにも見えた。

結局徒歩十分どころか三十分くらいかけて、岬の根元に到着した。

海蝕洞の入り口は巨大で、すぐに発見できた。

地元民には神聖な場所扱いされているのだろうか？　簡素ながら祭壇が祀ってあった。

ために不用意には入ってはいけない雰囲気が醸し出されているのだが、九郎は気にせず中へ足を踏み入れる。

地面は剝き出しの岩肌で、昼間は水没するためかフジツボのような貝モドキがびっしり。

裸足で歩いたら血まみれになるだろう。

「セイラさん。サンダルは脱げやすいから気をつけてね。ゆっくりでいいからね」

「今日のクロウ様はなんだか頼もしいというか、男らしいですねフフッ」

「すーぐからかうー」

「私を抱えて運んでくださったら、もっと男らしいと思います」

「しょ、しょーがないなっ。ケガしたらダメだもんねっ」

「一生懸命、言い訳をなさるところがまた可愛いですフフッ」

「やっぱ男らしいとか思ってないじゃん⁉」

ギャーギャー言いつつも九郎はセイラをお姫様のようにしっかり抱きかかえ、セイラもべったり身を寄せてくる。その体勢で奥へ進む。

洞窟は幅が恐ろしく広くて天井も高いが、深さはそれほどでもなかった。

加えて西日がちょうど差し込むので、灯りにも困らない。

ほどなく一番奥に突き当たった。

そして——そこにうずくまっている「彼」の姿を見て、セイラが小さく悲鳴を上げた。

竜だ。

それも水中での活動に適応した海竜。

体型は全体に細長く、しかし手足は太く短く水かきが備わってる。

翼は退化し、小さな飾りのようになっている。

全身を覆う青い鱗はサファイアの如く薄っすら輝いていて、それが「彼」を幻想的なまでに美しく見せていた。

最初は怯えたセイラも、壮麗でいて優美でもあるその姿に、次第に引き込まれていた。


この「彼」こそが岬の洞窟の主。

〝海竜王サンドリオ〟である。

ゲームでもNPCとして登場し、プレイヤーが会いに行っても最初はガン無視されるのだが、レベルが六十一以上になると話をしてくれるようになって、高難易度クエストを依頼されたりもする。

九郎がセイラに見せたかったのは、この〝彼〟だった。

海でさえ初めて目にしたと感動していた彼女だから、ドラゴンなんて稀少且つ超常の存在を目の当たりにしたら、さぞかし驚くし喜んでくれるだろうと思ったのだ。

その予想は腕の中で感極まっているセイラの様子から、的中したことがわかった。

一方で不測の事態もあり――

（うわあっ。うわあああああああああっ……。ドラゴンでっけえええええええええええっ。カッケえええええええええええええええええええええええええええっっっっっ）

と他でもない自分自身が、一番感激していたのだ。

ここに竜王がいるのは事前知識としてわかっていた。

サンドリオの美しい姿は、ゲームで何度も見ていた。

しかし実物の持つ迫力と「生きた芸術品」ともいうべき本物の美は、それら九郎のちっぽけな先入観を破壊し、心を根底から揺さぶるほどの感動を与えたのだ。

全身を震わせ、手に汗にぎる九郎。

そんな自分を〝海竜王サンドリオ〟は、長い首をもたげてひたと見据える。

とるにとらぬ小動物ではなく一個の存在として、その目がはっきりと認識していた。

「――我に何用か、異世界の者よ？」

長く裂けた竜の顎門から、器用に人の言葉を発して訊ねる。

巨体からは想像もできないほど静かな声で、口調は理知的なまでに穏やかだ。

アローディアのドラゴンたちは、長く生きれば魔術だって使う。

当然、言語くらい朝飯前に操る。

「俺が異世界から来たってわかるんすか⁉」

「それくらい魔力の色を見れば、察しが付く。およそこの世界の者のそれではない」

（さすが超常の存在、パネエ……！）

ゲーム《アローディア》でも、このサンドリオのように歳経た古竜はもはやモンスターとは扱われず、アロード神族たち同様に特別な生物、NPCとして描かれていた。

九郎は納得しつつ、先ほどの竜王の質問に答える。

「この地を治める偉大な王にご挨拶を――というのは建前で、珍しいもの見たさできました。あとこっちの彼女を喜ばせたい＆いいカッコしたいって下心もありました」

この竜王を相手に嘘をついてもすぐバレそうで、いっそ最初から白状する。

「クロウ様……」

と至近距離から呆れの眼差しが突き刺さるが気にしない！

そして、サンドリオもまた九郎の無礼を気にしなかった。

「正直な男だ。人間はすぐ浅はかな嘘をつくが、異世界では違うのかな？」

と落ち着いた声音で、知的好奇心のままに質問してくる。

「いや俺の世界でも同じっす。俺もすぐしょーもない嘘ついて後悔するっす」

「己を知ることは賢者の第一歩——そちらの世界の人間は、こちらの者より賢いのかもしれぬ。そなたを見てそう思うよ」

「だといいすけどねー」

この竜王サンが大物なのをいいことに、小粋なトークまで楽しんじゃう九郎。

実際、〝海竜王サンドリオ〟が滅多なことでは怒らない理性的な人物（竜物？）であるのは、ゲームがそうだったので知っていた。戦闘イベントもないし。

まあ、そうじゃなかったら危険すぎてセイラを連れてくるわけがないのだが。

「いいだろう、異世界の者よ。我もそなたという珍しいものを見せてもらった。そなたも我を存分に見物してゆくがよい」

見世物扱いされたにもかかわらず、鷹揚の態度を示してくれるサンドリオ。

これはホンモノの王ですわ。

「ついでに近づきの印に、我の宝物を一つ持ってゆくがよい」

サンドリオは身じろぎし、また長い首を洞窟の奥側へと巡らせた。

アローディア世界のドラゴンも、金銀財宝を集めて蓄える習性がある。

九郎たちのいる場所からでは「彼」の巨体が遮って見えないが、サンドリオもまたこの洞窟の奥に溜め込んでいることをゲームで知っている。

　だけどアイテム譲渡イベントなんてのは、ゲーム内にはなかったのでびっくり。

「えっ、タダでくれるんすか？」

「幾度も蘇る魔王の存在、そして人族が創造する究極魔法の存在は、我ら竜族とて注視せずにはいられぬ。ゆえに余は究極魔法に至り得る魔術師が訪れた時は、投資すると決めておるのだ」

「なるほど！」

「そなただけではない。過去、幾人もの偉大な魔術師が我を訪ねた。そのたびに宝物を授けた」

「ちな完璧好奇心で訊くんですけど、一番凄かったのって誰っすか？」

「魔力の巨大さからいって、そなた――などという答えは求めておらぬのだろうな？」

　妙に人間臭い表情で揶揄する竜王に、「俺以外で！」と九郎は照れ隠しで叫ぶ。

　サンドリオはしばしの思索を挟んだ後、果たして答えた。

「そうさな……やはり先代魔王を討ち果たした、〝小さな大賢者〟パロンが印象的であったな」

「へぇえ！」

　ゲームでは登場しなかった人名である。なにしろ二百年前の人物だし。

　ただ、九郎がこのアローディアに召喚された直後、メルティアから様々な説明を受けた中に、こんな話があったのを思い出した。

先代魔王を討つための魔法が完成したのは、本当に復活ギリギリのところだったと。

それが前究極魔法、《ノヴァフレア》だと。

ゲームでもレベル九十九でやっと習得できる、最強魔法だった。

それを編み出したというのだからパロンという人物は、なるほど史上最高の魔術師なのかもしれない。


「〝小さな大賢者〟は魔力を高める禁断の霊薬を持っていった。さて、そなたは何を欲す？」

「いや、お言葉はうれしいっすけど、もらうわけにはいかねっす」

サンドリオに問われ、九郎は丁重に辞退した。

「ほう……。欲のない男だな」

「欲まみれっすよ。さっきも言った通り、珍しいもの見たさで竜王サンとこまで来るんだから」

ただゲーマーの性とでもいおうか――依頼を受けて達成しただとか、難しいクエストに挑むための前金代わりとかでもないのに、タダで報酬をもらうというのが嫌。それじゃ面白くない。

「なんでお近づきの印だったら、握手代わりに鱗を触らせて欲しいな～――ってダメすか？」

「くかかかっ、良いだろう！」

サンドリオは笑って許可してくれた。

この竜王をして声を出して笑わせることに成功したのが、九郎は妙に誇らしいことに思えた。

調子に乗ってお願いを追加する。

「俺だけじゃなくて、こっちのセイラさんもいいすか?」

「良い、良い。かまわぬ」

と、どこまでも度量のある竜王サンのお言葉に甘えて、九郎は触らせてもらいに近づく。

セイラも度胸があるし――〈ヴァンパイア・クイーン〉に吸血の呪いを刻まれ、自分がいつ死ぬかわからない状態でも涙一つ見せなかった気丈な人だ――おっかなびっくりという態度ではあったが、しっかり触らせてもらっていた。

「おおーっ。硬いっ」

「でも冷たくないし、さらさらしてて、触り心地がステキです」

「ぬめっとしてそうだったのにねー」

「失礼ですよっ」

二人で良い体験をさせてもらった。

「ちなみに逆鱗てあるんすか?」

「クロウ様、ゲキリン――とはなんでしょう?」

「俺の世界じゃ有名なドラゴンの弱点」

「恐いもの知らずですかクロウ様はっ」

そんなものを本人（本竜？）に訊ねるデリカシーのなさを、セイラに叱られる。

「良い、良い。それもかまわぬ」

しかし偉大な竜王は、やはり鷹揚に許してくれた。

また教えてくれた。

「かつてはあったが、もう我に逆鱗はない」

「えっ、それはどういう仕組みで……？」

九郎は首を傾げる。

設定考察班が言うには、《アローディア》の竜族も恐らく逆鱗を持っている。

ＮＮＭに比較的若いドラゴン（それでもレベル九十台だが）がいて、上級プレイヤーたちがこぞってバトルを挑むのだが、これが会心の一撃がほとんど発生しない特性を持つ相手なのだ。

で、滅多に出ないそのクリティカルヒットが出た時は、ドラゴンの生命力バーがどれだけ残っていようとも、なんとそれ一発で撃破できてしまうのである。

この現象を設定考察班は「多分、逆鱗を貫いたって演出なんやろなあ」と考えていた。

そして実際、サンドリオ本人（本竜？）の口から、逆鱗が存在する証言を得られたわけだが――以前はあったのに、なくなってしまったとはこれ如何に？

謎はますます深まるばかりで、九郎はワクワクしてその答えを待つ。

貫目が半端ない竜王サマは、これも寛大に教えてくれた。

「我ら竜族は永く歳を重ね、いつしか悟りを開くことで、怒りという感情から完全に解脱する。その折に逆鱗が、ポロリとれて落ちるのだ。古竜の誰もがそうというわけではないがな」

「カッケえええええええええええっ!!」

ゲームでは描写されてなかった新設定が聞けて、九郎は大興奮になる。

設定考察班にも教えてやりたい。きっと一緒に限界化する。

（アローディアのドラゴンさんたちオトナすぎない？　ただボーッと長生きしてんじゃなくて、リアル悟りにリアル解脱とか聞くと、知的生命体の極みって感じですごくイイ！　見た目はゴッツいモンスターなのに、そのギャップもまたイイ！）

キラキラした憧れの目で見上げてしまう。

「メルティアは面白い女だが、さすがユニークな者を連れてくるな」

サンドリオの方も九郎を見つめ返し、苦笑いしているような、感心しているような、曰く言い難い顔つきになっていた。

九郎を召喚したのが誰かまでお見通しとは、この竜王サンまぢで底知れない。

（ゲームで古竜と戦うイベントが、一回もない理由がよくわかったよ）

このサンドリオのように理性的だから、争いに発展する必然性がないのだと思っていた。

しかしそれは理由の半分だった。これもメルティアの教唆（チユートリアル）だった。

（もし他の古竜に会っても、絶対にケンカ売らんとこ）

九郎はそう胸に刻み込む。

当初こそセイラを喜ばせたい一心だったが、サンドリオを訪れて本当に良い経験になった。

つまりアローディア世界の探索は最高に面白いってことだ。

†

「今ごろクロウ殿は、かの竜王と歓談中かな」

九郎の前では「ミリアム」と偽名を名乗っている彼女は、嘆息（たんそく）混じりに独白した。

湯船に肩まで浸（つ）かった心地よさに、つい色っぽい声が出てしまう。

〈ティポー〉で一番高い宿の、一番高いスイートルームのことである。

アローディアでは宿に風呂（ふろ）があるだけでも珍しいのに、この部屋は専用のバスルームが備え付けられていて、まさにゴージャス空間だった。

普段、彼女があちこちを飛び回っている時は、もっと安い宿に泊っているし我慢もできる。

だが今回は公費が使い放題なので、道中ずっと最高の宿で贅沢しまくる予定なのだ。

(竜王の偉容を見て、セイラ君が腰を抜かしてなければよいがな。……いや、そんなタマではないか。あれほどふてぶてしいメイドは、王宮でもほんの一握りの大ベテランくらいだしな)

そのセイラとは、今夜は部屋をシェアして泊る予定だった。

隣にもう一つあるスイートルームが九郎の部屋なのだが、セイラを同室にさせると――あの見ていて初々しい二人だ――きっと遠慮するに違いないという配慮である。

(しかしこの風光明媚な港に来て、するのがドラゴンデートとはな。クロウ殿の朴念仁ぶりにも恐れ入る。無論、本人はさすが破天荒であらせられるというべきであろうが、連れていかれるセイラ君はどう思っているか。もっとムードのあるところへ行きたいのではないか)

湯を波立たせて遊びながら、九郎たちを好き放題に評してほくそ笑む。

夕方になって、二人がコソコソ出かけていくのを彼女は気づいていた。

この宿はオーシャンビューも売りな上、スイートは最上階にあるために、砂浜を歩く二人の後ろ姿もベランダから確認できた。

彼女自身、過去にサンドリオを訪問したことがあるし、どこへ行くのかも見当がついた。

(その男はきっと苦労するぞ、セイラ君)

まあ無粋なので、いちいち忠告などしてやらないが。

そして一方、彼女自身は九郎をどう思っているのか？

強く好感を抱いているのは間違いない。でなければ一緒に冒険などできない。

（しかしいいとこ、可愛い弟だよなあ……）

初めて会った日に恐ろしい吸血熊と遭遇し、命を助けられた時は、確かにクラッと来た。

だが胸がトキメいたのは、あれが最初で最後。

偉大な魔術師としては彼に敬意を抱いているが、恋心とはまた別の話。

何しろ歳が六つも離れている。

初恋さえしたことのなさそうな九郎は、彼女から見てまだまだ子供。

そういう彼女自身も、いつかはお家のために結婚するから貞操は守り通しているが、片想いくらいはすませてある。


とにかくだから、九郎とセイラの仲を内心では応援していた。

本当にくっつくかどうかは神のみぞ知るだが、くっついたらいいなと思えるほどあの二人はお似合いに見えた。

なのにどうして、九郎にちょっかいをかけるのか？

もちろん、二人の反応が面白いからだ。九郎が慌（あわ）てふためく様が可愛いし、セイラがムキになって対抗してくる様はもっと愛らしい。

この道中ずっと九郎に好き好き言い続けるつもりだった。

（それに恋敵（ライバル）がいた方が、進展が速いと聞くしな）

いないとずっと悠長（ゆうちょう）に構えたままで関係が進まないが、他の女に盗られると思うと必死になるのでかえって膠着（こうちゃく）状態が打開されるというアレだ。

（セイラ君にはぜひ私に感謝してもらいたいものだ）

などと恩着せがましいことを内心で考えつつ、彼女は忍び笑いを漏（も）らす。

そして鼻歌を口ずさみながら、湯船から上がる。

服を着る前に、夕暮れの景色を眺めつつ火照（ほて）った体に海風を浴びようと、窓辺に立つ。

まさにその時だった――

フード姿の不審者が窓の外、逆さにぶら下がった格好で現れたのは。

「なっ……」

いきなりのことに、彼女は全身を強張（こわば）らせる。

しかも不審者はこちらをにらむと、

「あんたがセイラね？　命が惜しかったら、大人しくついてきなさい」

などと意味不明なことを言い出し、ますます混乱する。

「誰か――」

出合えと、大声で叫ぼうとした。

すぐ廊下には警護の騎士が立っているはずだ。彼女ほど腕が立つわけではないが、それでも丸腰で抵抗するよりはよい。

だが反応が遅れた分、間に合わない。

「黙ってなさい、劣等種。わたしは警告したわよ？」

不審者に喉をつかまれ、声ごとにぎり潰されそうになる。

これでは応援を呼ぶこともできない。

（くっ……。なんて速さだ……っ）

彼女は驚嘆した。

不審者の腕の動きを少しも見切れず、かわすどころか反応さえ敵わなかったのだ。

（私だとて多少は腕に覚えがあるのに……！）

〈ヴェロキア〉最強騎士のロイ卿相手だとて、いい試合を何度もした。それがこのザマだ。

これほど俊敏な人間を、彼女は見たことがなかった。

いや――それも当然の話であろう。

不審者と目と目が合う。

赤光を点した瞳が、爛々と輝く。

それでいて、はっとさせられるほどの美少女だ。吊り目がちなのに可愛さが失われていない。

何より目を惹くのは、不敵に笑う口元から覗いた二本の牙。

（こやつ吸血鬼か！）

脆弱種ではなく、超越種だったのだ。

恐ろしく速いのにも得心がいった。

「首をへし折られたくなかったら、大人しくわたしの魔法を受け入れなさい。納得したら三度、うなずきなさい」

命令してくるその間も、こちらの首を絞め上げる手を緩めない。

このヴァンパイアの膂力であれば、頸骨を折るくらい可能だと脅しつけるように。

（やむを得んか……）

彼女は抵抗を諦め、言われたままに三度うなずく。

「いい子ね――『エルカ・メナウ・ササレバ・ソーン』」

女吸血鬼は歯切れよく呪文を唱えた。

彼女はさほど魔法に詳しくなかったが、すぐに〈スリープ〉だとわかった。

這い寄る強烈な睡魔にも抗わず――ただ悔しさを噛みしめながら――意識をゆだねた。

第四章

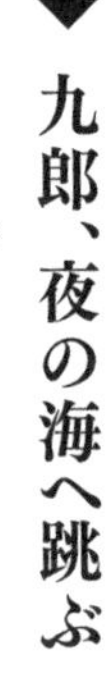

九郎、夜の海へ跳ぶ

九郎が宿に帰ったのは、日没直後のことだった。

行き同様にセイラを支えて砂浜をゆっくり歩いてきたから、こんな時間になってしまった。

女騎士さんがとってくれたのは高級宿だけあって、玄関には皓々と篝火が焚かれているし、廊下にはシャンデリアがいくつも吊るされ明るかった。

一階にある食堂もまだにぎわっていて、護衛の騎士らが交代で食事をとっている姿も見えた。

九郎は「おやすみなさい」の挨拶代わりに、遠目に彼らと会釈し合い、部屋に戻る。

最上階の、二つ並びのスイートルーム。

右が九郎の部屋で、左が女騎士さんとセイラ。

階段を上がったところに騎士二人が歩哨をしていて、彼らにも「お疲れ様っす」と挨拶する。

そしてセイラとも、それぞれの部屋へわかれる前に。

「おやすみ、セイラさん」

「おやすみなさいませ、クロウ様。明朝は六時に起こしに参りますね」

「旅先なのに、なんだか悪いなあ」

「それが私の役目ですから。むしろ誰にも譲りません。クロウ様も私以外の声で起きてはダメですからね？」

最後冗談めかして、セイラは部屋に入っていった。

同時に九郎も自分の部屋へ。

四十帖(じょう)はあろう広さを、一人で使う贅沢(ぜいたく)！

しかも衣装室やバスルーム、トイレはまた別。続きの間となっている。

チェックインの時も一通り見回したが、改めて気分がアガってくる。

「ヒャッホイ、『ミリアム』さんに感謝ー！」

寝心地抜群のキングサイズベッドへ、勢いよくダイブする九郎。

〈王都〉のマイホームもメルティアが用意してくれただけあって、家具や調度品は一級のものが使われている。なのでベッドも寝心地だけならここと負けていないが、ゴロゴロ転がることができるほどのサイズはさすがにない。

だから九郎は童心に帰って、思う様ゴロゴロしてみる。

充分堪能(たんのう)したら、今度は窓から夜景を楽しもう――

そう思った矢先のことだった。

「クロウ様、起きていらっしゃいますか？」

（セイラさん、もう起こしに来たの⁉）

不意にノックの音と声が聞こえて、九郎は驚く。

「入っていーよ？」

「失礼いたします」

セイラはいつものように楚々とした立ち居振る舞いで、部屋に入ってドアをしっかり閉める。

いや、いつものように振る舞っているように見えて、わずかに様子がおかしい。

九郎にはわかる。表情が硬い。

「何かあった？」

小声になって訊ねる。

「こちらをご覧ください、クロウ様」

セイラはベッドへ駆け寄ると、もう我慢できなくなったように蒼褪めた顔と震え声になって、折り畳んだ紙片を手渡してきた。

九郎は素早く広げて目を通す。

『異世界の魔術師に告ぐ。

貴様の大事な女は預かった。無事に返して欲しければ、一人でこの場所まで来い』

そう乱暴な筆跡で書き殴られ、簡略な地図も描かれていた。

「まさか『ミリアム』さんが⁉」

「……はい。部屋に帰ってもお姿が見えず、いずこかへお出かけなのだろうと思いつつお風呂をいただこうとしたら、バスルームにこんな書置きが……」

「ヤバイ……」

九郎もサーッと血の気が失せる。

女騎士さんが誘拐されたのも大問題だが、犯人の手口が尋常ではない。

何しろ廊下にいる護衛の騎士が、異変に気づいていないのだ。

最上階のスイートルームにいずこからか侵入し、女騎士さんに暴れる隙も与えず、恐ろしく静かに連れ去ったということである。

(何者だよ……何が目的だよ……)

動悸が激しく乱れてくる。

「如何いたしましょう、クロウ様？」

「もちろん助けるよっ」

この書置きの文面を見る限り、犯人が用があるのは九郎の方で、女騎士さんは巻き込まれただけに違いない。申し訳なくて仕方ない。

「お一人で行かれるのですか……？」

「それももちろんっ」

指定を無視して大勢で行けば、犯人がキレて女騎士さんを害する可能性がある。

だから護衛の騎士たちに、この事態を気取らせてはならない。大騒ぎにしてはならない。

「クロウ様ならそう仰ると思っておりましたが……」

セイラの目が不安で揺れていた。

一人では危なくないかと、九郎の身を案じてくれているのだろう。

「俺よりセイラさんの方が心配だよ。単独犯とは限らないし、セイラさんのことも狙ってくるかもしれない」

九郎にとっての「大事な女」というなら、セイラだって違いないのだから。

宿に残していくのは躊躇われる。といって指定の場所に、コッソリ連れていくのもナシだ。

どんな危険が待ち受けているかもわからないのだから。

かねてより考えていた案を九郎は口にする。

「〈ティポー〉にも旅の女神像はあるから、セイラさんは一旦メルティアさんのとこへ戻って欲しいんだ」

「わかりました」

聡明な彼女はすぐに九郎の意図を察し、四の五の言わずにうなずいてくれた。


女神像を使えば、一瞬で〈ハイラディア大神殿〉へ帰還できる。

アロード神族たちの総本山ともいえるあの場所なら、世界一安全だ。

九郎は後顧の憂いなく、女騎士さんの救出に向かうことができる。

元々は〈帝都〉に到着した後、不穏な気配がちょっとでもあったら女神像でセイラを逃がすことも視野に入れて、旅先での安全を確保するというアイデアだった。

まさか旅行初日にして、使う羽目になるとは思わなかったが。


「では早速、クロウ様」

「うん、急ごう」

二人で素知らぬ顔をして部屋を出る。

廊下で歩哨をしていた騎士たちに「おや、どちらへ？」と声をかけられる。

「ちょっと夜風に当たりたくて……」

セイラがまるで「今から夜の海岸デートなんです」とばかりに、しおらしく頰を赤らめる。

（役者やん……）

と九郎はジト目。

しかしセイラの名演技が功を奏し、騎士たちは何も疑うことなく笑顔で送り出してくれた。

「頑張れよ、魔術師殿」と彼らの目が言っていた。

実際、別の意味で頑張ってくるけど。

宿を出た後はもう駆け足で、町の外れに祀られている旅の女神像の元へ。

「無事救出できたら、迎えに行くからね」

まだ出発したばかり。せっかくのセイラとの旅行を、こんなところで終えるつもりはない。

そう強い意志を込めて言う。

「はい。お待ちしております、クロウ様」

セイラがじっとこちらを見つめてくる。

「どうかご武運を。そして、必ず『ミリアム』様をお救いください」

その目から九郎の成功を願う想いと、女騎士さんの無事を祈る真剣な気持ちが伝わってくる。

後者は少し意外だった。

「『ミリアム』さんとは仲悪いと思ってたのに……」

「あちらはどうかはわかりませんが、私はあの方のことは好きですよ。はきはきした物言いも、凛とした佇まいも、こんなに格好良い女性がいらっしゃるのかと憧れます。それでいて気さくで接しやすいのがズルいですよね。クロウ様が惹かれるのもわかります」

セイラの口から意外な台詞が次々と出てくる。

「だったらあんなバチギスにならなくていいのに……」

「ケンカするほど仲が良い、ですよ。メイド風情がと本気でお叱りにならないあの方の度量に、甘えているだけです」

「俺の胃の負担のことも考えて欲しいなあ……」

「その分、私がクロウ様を甘やかして差し上げますから」

セイラはそう言うと、温かく抱き締めてくれた。

実は緊張でさっきから震えていた、九郎の体を。

震えが収まるまで。

（バレてたか……さすがだなあ）

九郎は己に降りかかる火の粉だったら、振り払う自信がある。

でも女騎士さんを助け、守りきることができるのか。そもそも女騎士さんは今も無事なのか。

巻き込んだ責任はとれるのか。一度考え出したら、ネガティブな思考が止まらなかったのだ。

「……ありがと。行ってくるね」

だけどセイラのおかげで震えは止まった。

温もりに包まれていると、理屈抜きに不安が収まった。

男ってなんて単純なんだろう。女の人ってなんて偉大なんだろう。そう思った。


セイラが女神像に祈りを捧げ、その姿が掻き消える。

〈大神殿〉に戻ったのを見届け、九郎も踵を返す。

あたかも戦装束の如く、〈アイテムボックス〉から取り出したマントを羽織る。

もう何も恐れない。

指定の場所までひた走った。

†

今は名前を忘れられ、また古い灯台が廃墟となって残っている。

〈サンドリオの岬〉からさらに三キロメートル西に、もう一つ岬がある。

その昔には、〈サンドリオの岬〉の方には灯台はなかった。

海竜王の御所の上に、人の都合で施設を建造するなどという不遜（ふそん）は許されなかったからだ。

なので当時は〈ティポー〉から遠い不便な岬の方に、わざわざ灯台を建てる必要があった。

それが時代が下り、歴代町長による竜王との忍耐強い交渉と、またサンドリオ自身が悟（さと）りを開いて丸くなったことにより、現在の灯台が晴れて新造される運びとなった。

当然、それまで仕方なく使われていた旧灯台は、もはや不要になったという経緯である。


九郎たちに「ミリアム」と名乗る彼女が、拉致（らち）されたのがその旧灯台だった。

廃墟となって百年か。二百年か。

石レンガの壁は潮風にさらされ続け、繋（つな）ぎの部分が風化で欠けて隙間（すきま）が目立つ。

内部の螺旋（らせん）階段は踏板に使われている鉄板が腐食し、足場としてひどく頼りない。

誘拐犯（ヴァンパイア）は彼女を抱えたままそんな螺旋階段を軽快に駆け上がり、頂上階まで連れ去った。

かつては使われていたのだろう大型の篝火台の脇に、裸のまま転がされた。

屋根こそあるが、吹きさらしだ。

日が落ちて夜風が出てくると、寒さで震える。

「何か着るものくらい恵んでくれてもよいのではないか?」

くしゃみを堪えながら、女吸血鬼に向けてぼやく。

「劣等種が風邪を引こうが熱を出そうが、わたしの知ったことじゃないわ」

女吸血鬼はにべもない。

外周の踊り場の、手摺に寄りかかってせせら笑う。

キンキンと甲高い声が本当に耳障りだった。もしかしたら男好きのする声かもしれないが、彼女には疎ましかった。

にらみ返してやるが、吸血鬼の顔はよく見えない。今夜は月明かりが充分とはいえ、目深にかぶったフードの下は窺い知れない。

だから嫌味で返す。

「命さえあれば人質として価値はあるということか。お優しいことだな」

「理解したなら減らず口を叩くのはやめなさい。骨が折れるくらい痛めつけても、人質の価値はなくならないのよ?」

「恐い、恐い」

本気が垣間見える口調で脅されても、彼女はあくまでおどけた仕種で肩を竦めてみせる。

その豪胆な態度が、女吸血鬼にはさぞ生意気に映ったのだろう、

「異世界の魔術師を殺したら、あんたは血を捧げるだけの家畜として一生飼ってあげる」

生半な死よりも恐ろしい未来を提示し、さらに脅迫してくる。

（よほど私の弱った顔が見たいのだろうが、お生憎様だな）

彼女はその異世界の魔術師を――九郎のことを信じている。

必ず助け出してくれると。この女吸血鬼に敗れるはずがないと。

一方で、気になっている問題があった。

「クロウ殿のことをよほど憎んでいるようだな？」

いったいどこで恨みを買ったのか？

心当たりがないではない。

九郎は先日、〈ヴァンパイア・クイーン〉アルシメイアを成敗した。

そして、この誘拐犯もまた女吸血鬼。

関係者だと目すのは自然なことだし、女王の敵討ちを目論んでいるのではないか？

彼女のその推測はピタリ当たった。

「あの魔術師は、わたしにとって母上の仇――」

（するとやはりこやつが、〝半人半妖の吸血姫リリサ〟か）

まさかとは思っていたが、当たっては欲しくない予想だった。

何しろこのリリサは、伝説レベルに著名な恐るべき魔族である。

〈ヴァンパイア・クイーン〉より恐ろしい相手だとは思わないが、彼女が人質にとられているハンデを背負った状態で戦うとなれば、九郎の苦戦は必至かもしれない。

（それでもクロウ殿が敗れるとは思わないが……大きな負担をかけてしまうな）

他でもない自分が足枷になっている状態が、口惜しくてならない。

歯噛みする彼女。

またその間も、リリサの話は続いていた。

「――だけど別に、わたしがあいつを憎んでいるかと言えば、少し違うわ」

「そうなのか？　肉親の仇なのだぞ？」

「母上にとってわたしは、いいとこ召使いのようなものだった。わたしも母上の勘気に触れるのが恐くて、渋々良い子のふりして従っていただけ。母上が死んで正直せいせいしたし、その点ではあの魔術師に感謝してやってもいいくらいよ！」

「ならばクロウ殿を目の敵にする必要はないのではないか？」

「それは話が別。いい？　わたしたち魔族は徹底した実力主義社会なの」

誇らしげなような、忌まわしげなような、愛憎相半ばといった表情でリリサが言った。

「だから女王たる母親を討たれておきながら、その敵討ちをしないだなんて、笑い者にされるわけよ。魔族社会にわたしの居場所はなくなってしまうわ」

「……難儀なことだな」

彼女も生まれが特殊なので、リリサの立場には共感と同情ができた。

だからといって、誘拐された上にこんな寒い場所にすっ裸で放置は絶対に許さないが。

「まあ、そういうわけよ。あの魔術師に恨みはないけど、絶対に死んでもらう」

リリサからも、どんな手段を用いてもやり遂げてみせるという気迫が感じられた。

「あんたもわたしに協力するなら、飼うのはやめて生かして帰してあげるけど？」

「お断りだ。クロウ殿には恩義がある」

「命を懸けるほどの恩義なのかしら？　誰だって我が身は大事よ？　よくよく考えることね、い、い、い、セイラちゃん」

「……は？」

いきなり別人の名前で呼ばれ、彼女は当惑した。

しかし、思い返せば拉致された時も最初、セイラと呼ばれた記憶がある。

「……もしかして君は、私とセイラ君のことを取り違えているのか？」

「はあ？」

今度はリリサが怪訝そうにする番だった。

「あんたがセイラってコなんでしょ？　あの魔術師の『大事な女』なんでしょう？」

「違う、私はセイラ君ではない。クロウ殿の『大事な女』には違いないがな！」

最後の「大事な女」のところをフフンと勝ち誇って言う。

「ハァ⁉　わたし、ちゃんと聞いたんだけど、『あの魔術師の隣にいる女がセイラだ』って！」

「その時、隣にもう一人、銀髪のメイド君がいなかったかい？」

「……！」

図星だったようで、リリサは一瞬言葉に詰まった。

かと思えば逆ギレした。

「信じられない！　たかだかメイド風情が『大事な女』だなんて思わないじゃない！」

「まあ、気持ちはわかるさ。セイラ君より私の方が、そこはかとなく高貴な感じがするしな」

「そうよ！　あんた、劣等種にしては隠せない気品があるから誇りなさいよ！」

リリサが自己弁護したい気持ちをこじらせるあまり、面白(おもしろ)いことまで言い出した。

「もういいわ、別にあんたが誰だろうと！　『大事な女』には違いないんでしょ？　だったら人質としての価値はある！」

（私としては、セイラ君と間違えてくれてよかったがな）

戦いの心得さえないメイドが誘拐され、恐い想いをするのではなく、荒事(あらごと)に対する覚悟が違う自分がこうしてここにいる方が不幸中の幸いといえた。

身代わりならば結構。九郎の足枷となって忸怩(じくじ)たる想いだったのが、少しだけ誇らしい気分になれた。

――と、

「……来たわね」

リリサが急に押し殺した声になって独白した。

さすが夜目が利くのか。灯台の外を見下ろし、まだ遠くの一点を凝らし見ている。

九郎が来てくれたのだろう。

「よかったわね、あんた。見捨てられなかったみたいよ」

とリリサが揶揄混じりに言った。

「私も『大事な女』だからな」

と彼女は軽口で返した。

だが最前の茶番めいた空気は消え、リリサが殺伐とした雰囲気をまとう。

そしてこちらを振り返って、言った。

「さて――あんたには釣り餌になってもらうわよ」

と。

フードの陰で、血色の目だけが爛々と輝いていた。

†

「――あの灯台か」

九郎はカンテラの灯りを頼りに、犯人が残した略図と照らし合わせて確認する。

間違いなかったし、わかりやすい場所だった。月明りで浮かび上がる岬と灯台のシルエットは、夜目にもよく目立った。

指定の場所まで残り少し――ペンダントの先についた青い石をにぎり、〈アイテムボックス〉にカンテラを仕舞うと九郎は再び先を急ぐ。

ここまで既に三キロメートルほど走ってきたが、義体の持つ超人的な身体能力があればわけもない距離だった。汗が少しにじんだくらいで、息も上がっていない。

ほどなく岬へ、そして先端に建つ廃灯台へ到着する。

出入り口の門扉は、開け放たれたままだった。

中に入ると伽藍堂で、外壁に沿って頂上階まで螺旋階段が続くという構造。

潮風で金属部分が腐食した階段は、普段ならば上るのを躊躇しただろう。

しかし今は、女騎士さんの安否がかかっている。

九郎は決然と頂上階を目指した。

足取りは慎重に。可能な限り速やかに。

幸いにして、階段が朽ち落ちて足を踏み外すという事態にはならず、九郎はほどなく上までたどり着く。

そこに全裸の女騎士さんが転がされていた。

寒さで蒼褪めているが、ちゃんと命もあれば意識もある。

ただ後ろ手に縄で縛られ、両足首もひとまとめに拘束され、猿轡まで噛まされていた。

ひどい扱い。一方、生傷や殴られた痕といったものは見当たらない。


「無事でよかった！」

九郎は喜び勇んで駆け寄る。

「う〜〜〜っ。むぐ〜〜〜〜〜〜〜〜〜っ！」

猿轡された女騎士さんは声にならない声で懸命に何かを訴え、盛んに首を左右にしていた。

（罠だ、来るな、って感じかな？）

そうは言われても助けないわけにはいかないし、危険は最初から覚悟の上だ。

女騎士さんの傍らに膝をつくと、〈アイテムボックス〉から魔法の短剣（ライフサッカー+4）を抜き放ち、彼女を拘束する上下の縄を断つ。

緊急時だ、目のやり場に困るだとか言っていられない。

ただし珠の肌を傷つけないよう、丁寧に。

女騎士さんも自由を取り戻すや上体を起こし、口を覆う布は自分でほどく。

その間に九郎はマントを脱いで、かけてあげる。素肌が隠れるし、防寒にもなる。

「礼は後でする、クロウ殿！　急いで――」

脱出するぞと女騎士さんは、皆まで言えなかった。

遥(はる)か階下で爆発音が轟(とどろ)いたからだ。

直後、灯台が激しく揺れ始め、耳を聾(ろう)するような音を立てて崩れていく。

恐らくは何者かが、灯台の根元へ向けて強力な攻撃魔法を使った。それで朽ちて脆(もろ)くなっていた土台から、崩落を始めたのだ。

（マズい……！）

これだけ大きな建築物の崩壊に巻き込まれたら、二人とも圧死は免れない。

九郎にいくら極大防御魔法の覚えがあっても耐えられないだろう。

いや、やってみたら案外平気かもしれないが、命を賭(か)けてまで試したくはない。

（だったら……！）

九郎は女騎士さんに短剣を預けると、いきなり抱き上げる。

そして走り出す。

彼女が「何事⁉」とばかりに目を白黒させているが、説明している場合じゃない。

九郎は昔から窮地における咄嗟(とっさ)の判断力の鋭さ、確かさが卓越していた。

覇権MMORPG(アローディア)で百万プレイヤーの頂点に立ったのも、伊達(だて)ではなかった。

助走をつけ、灯台の外へ、手摺を乗り越え、遥か眼下、岬のさらに先——夜の海へと跳んだ。

実数にして五十メートルほどの落下。

正直、ビビる。

だけど九郎の口はなめらかに呪文(じゅもん)を紡(つむ)ぐ。

『オン・カカカビ——金剛通の験力(げんりき)なるや！』

レベル六十二で習得できる《グレート・プロテクション》で、自分と女騎士さんの肉体へ着水の衝撃から守る強化(バフ)をかける。

効果覿面(てきめん)、おかげで痛みも感じず海中へと飛び込んだ。

(冷たっ⁉　春の海まだ冷たっっっ)

九郎は胸中で泣き言をぼやきながら、女騎士さんを抱いて海面まで浮上する。

これも義体が持つ超人的な運動神経のおかげだろう、泳ぎ方など知らなかったのに無我夢中でできた。しかも服を着たまま、人一人を抱えて楽々である。

女騎士さんと二人で水の上へ顔を出し、空気を貪(むさぼ)る。

「た、助かった〜っ」

「まだだ、クロウ殿！　リリサが来る！」

女騎士さんの警告に、九郎はハッとなって一緒に星空を見上げる。

月明りだけでは判然としないが、何者かが漆黒のフード付きコートをまるで羽のように広げ、夜空を切り裂くように飛来した。

（あ、あれ、〈蝙蝠の陣羽織〉か⁉）

ゲームでは製作不可能な超レアアイテムで、物陰や夜闇に溶け込むステルス効果の他、ごく短時間ながら空を飛ぶことのできる効果が全プレイヤーの垂涎の的だった。

九郎ももちろんその一人で、しかし強豪クランが**独占しやがって**ついぞ入手できなかった。

（あ、アレ欲しい——じゃなくって！　リリサ⁉　今、リリサっつった⁉）

女騎士さんの警告を思い返し、いろいろと腑に落ちる。

誘拐犯の意図や目的が、全て頭の中でつながる。

だが今はそんなことより、目の前の危機への対処だ。

『咆えよ、闇雷。孤高とともに』

上空から九郎を睨めつけるリリサが、可憐な声でしかし厳かに呪文を唱えていた。


レベル七十九で習得できる《ダークライトニング》だ。

そのフレーズから九郎は瞬時に判別する。

そして〈相殺〉、あるいは一方的な〈打ち消し〉を狙って同じ雷属性の魔法で応じる。

ゲームでは「カルタ」とか「ちはやぶる」などと茶化された、〈魔術師〉の必須プレイヤースキルだ。しかし九郎は真剣に、この技術で誰にも負けない自信がある。
　しかもこちらはより強力な極大魔法、《ブルーライトニング》を習得しているのだ。

（魔術勝負で後(おく)れをとって堪(たま)るかよ！）
　九郎の双眸(そうぼう)に気迫が漲(みなぎ)る。
　が、
「『そは劈(つんざ)くもの！　蒼(あお)くひらめ』――ぶわっ」
　あろうことか詠唱(えいしょう)に失敗してしまう。
　夜の海は波が高く、頭からかぶって邪魔されるというアクシデントに見舞われたのだ。
（これじゃ間に合わない……！）
　盛大に飲まされた塩水を、渋面(じゅうめん)で吐き出す九郎。
　波は絶えず押し寄せ、悠長(ゆうちょう)に発声する暇を与えてくれない。
　九郎(スペルキャスター)にとって最悪のシチュエーションだ。
（だけど詰んだわけじゃねえ！）
　また咄嗟の判断で、〈アイテムボックス〉からそれを取り出す。
　先日完成したばかりの、〈結界の短杖(ワンド・オブ・フォースフィールド)〉――
　その新武装を〈魔法媒体〉として用い、呪文を唱える。

『貫く意志よ！』

選んだのは短音節のフレーズが特徴の、《マナジャベリン》。

直後に波をかぶるが、もう完成している。

上空のリリサへ向かって撃ち放つ。

「ハッ。そんなチンケな魔法で、わたしの《ダークライトニング》に敵うはずがないでしょ！　夜のヴァンパイアを舐めないで！」

せせら笑うリリサ。

正論だ。いくら九郎が魔力オバケでも、レベル十三で習得する《マナジャベリン》では――余人が使う同魔法とは比べ物にならないとはいえ――威力がたかが知れている。

リリサが迎撃に放った闇色の稲妻に呑まれ、ろくに鬩ぎ合うこともなくあっさり〈打ち消し〉されてしまう。

結果、ほとんど素の威力のままの《ダークライトニング》が、海上の九郎たちに迫り来る。

その一方で女騎士さんが反射的にとった行動は、驚嘆に値した。

「潜れ、クロウ殿！」

と九郎の頭を押さえ、覆いかぶさるようにして自らの体を盾にしようとしたのだ。

なんたる献身！　これが騎士の矜持か。

九郎は感極まりつつ――しかし申し訳ないかな――彼女に庇ってもらう意味はなかった。

今、九郎が構えるミスリル製の短杖は、青白い輝きを放っていた。

このレアアイテムは特殊な〈魔法媒体〉であり、注いだ魔力の使い道を、術者の意図を無視して勝手に仕分けする性質を持つ。

具体的には、注入された魔力のうち半分だけを、唱えた呪文の発動に回す。

当然、その魔法の効果も半減だ。先の《マナジャベリン》ならただでさえ頼りない威力が、さらに半分になってしまうという具合に。

代わりに短杖は残る半分の魔力を用い、強力な力場を発生させる。

その銘の通りに、術者を保護する〝結界〟を周囲へ張り巡らせるのである。

魔法の最大出力を求めたい時には全く使えない〈媒体〉だが、呪文の詠唱前後が隙となる〈魔術師〉にとっては痒いところに手が届く戦いの相棒といえた。

ゆえに九郎が構えた短杖は、九郎の莫大な魔力を帯びて輝き、相応の堅牢無比な結界力場を作り出していた。

常人の目には映らないそれは、襲い来る漆黒の電撃を阻み、激しく鬩ぎ合うことでその輪郭を浮かび上がらせる。

遅れて女騎士さんも、自分たちがドーム状の力場に守られていることに気づいただろう。

「オヤッサン！　姐さん！　ジルコさん！　あんたらの仕事はやっぱ最高だぜ！」

九郎もまた快哉を叫ぶ。

短杖が張り巡らせた結界は、期待に応えて二人を守り切った。

リリサの《ダークライトニング》の方が先に、力尽きたように消え失せた。

そう、短杖が発生させた防御力場はまだ残っている。

効果持続時間はきっちり五秒。その間は押し寄せる波もまたシャットアウトしてくれて、水をかぶることなく詠唱に専念できる。

そして九郎が五秒ももらえば、極大魔法の完成も余裕。

『カ・カル・タ・カン！　イフリート王の炎よ！』

頭上のリリサへ目がけ、《ブレイズ・オブ・ブレイジーズ》を撃ち放つ。

『不動不壊不可視の盾よ、あれかし！』

リリサも呪文を唱えて守りに入るが、レベル三十で習得する《ハイ・マジックシールド》のような中級防御魔法では、九郎の極大火炎魔法を――ワンドのデメリットで威力半減しているとはいえ――防ぎきれるものではない。

咄嗟の状況で確実に詠唱できる自信のある魔法がそれだけだったのか、あるいは極大魔法の呪文を知らず九郎の魔法に属性を合わせることができなかったか。

とにかく状況がイーブンなら、魔術合戦は九郎が勝った。

あたかも巨大な火柱が海上に立つが如く、空を舞うリリサを直撃する。

「いやあああああああああああああああああっ」

夜天に響き渡る吸血姫の絶叫。

燃え上がった〈蝙蝠の陣羽織（サーコート・オブ・バット）〉を脱ぎ捨て、暗い海へ墜落していく。

（ああっ、もったいないっ）

ついゲーマーの性（さが）で、超レアアイテムを己の仕業（しわざ）で焼却してしまったことを悔（く）やむ九郎。別に自分の物でもないのに。

（――って、そんな場合じゃねえや）

リリサを撃墜したこの隙に、九郎は岸を目指して泳ぐ。

「『ミリアム』さん、もうちょっとつかまっててね！」

「承知した。泳ぎは得意ではないので助かる」

女騎士さんが後ろから、ぎゅっと首にしがみついてくる。

「しかし御身（おんみ）は真実、大魔術師であらせられるな。一言、感服したよ」

「まだっす！　あれ一発でカタがついたわけじゃないす」

〝半人半妖の吸血姫リリサ〟は《アローディア》にも登場した。

ゲームではレベル八十五の、厄介（やっかい）な二つ名持ち（ニックネームド・モンスター）の魔物である。

威力半減の極大魔法では、五発や十発で沈む相手ではない。

「御身が御身なら、あちらも魔族のエリートか」

女騎士さんが詠嘆した。


ほどなく岸まで泳ぎ着く。

幸い距離はさほどでもなかったので、義体の身体能力にものを言わせてのもうひと踏ん張り。

濡れ鼠で砂浜に上がる。

九郎は服が、女騎士さんは一枚羽織ったマントがぐしょぐしょだった。

一応、替えの服は常日頃から〈アイテムボックス〉に入れてある。

しかし、着替える暇はもらえなかった。

「逃がさないわよ、魔術師！」

前後して岸に上がってきたリリサが、立ちはだかったからだ。

月光の下、フードを脱ぎ捨てた彼女の顔が白々と映し出される。

ゲームと同じ、アイドル顔負けの美少女。

勝気そうな吊り目なのに、しかも今は鬼気迫る形相をしているのに、可憐さが全く失われていないのがズルい。

こんな風に敵対していなかったら、九郎は見惚れていたかもしれない。

「まだやんのかよ！」

「当たり前でしょ？　わたしの人生がかかってんのよ！」

リリサは牙(きば)を剝(む)き、問答無用で襲い掛かってきた。

腰に吊るした細身の剣を抜き放つと、刀身に帯びた魔力の燐光(りんこう)が妖(あや)しく躍る。

「そっちの人生とか知らんがな！」

九郎も前に出て、女騎士さんを庇う。

リリサが片手一本で放った斬撃(ざんげき)を、反射的に〈結界の短杖(ワンド・オブ・フォースフィールド)〉で弾(はじ)く。

ミスリル製の短杖は、曲がりもしなければ疵(きず)一つつかなかった。

「注文通りだぜ、オヤッサン！」

九郎は再び快哉を叫ぶ。

ただし今度は、半ばは強がりだ。

リリサはもう無言になって、身の毛がよだつような斬撃の雨を見舞ってくる。

さすがは高レベルのＮＮＭ(ニックネームド・モンスター)！　ゲームでもこの〝吸血姫〟は手強(てごわ)い魔法剣士だった。

さらにはリリサの持つ魔剣が厄介だった。

一太刀(ひとたち)ごとにリィ……ン、リィ……ン、と耳障りに鳴り響く。

この音が九郎の三半規管を揺さぶり、平衡(へいこう)感覚を狂わせる。

（もしかしなくてもコレ、〈超音剣(ソニックブレード)〉じゃね……？）

これまたゲームでは製作不能の超レアアイテムだ（後衛職の九郎は欲しくなかったが）。

不可聴域の音波を発し、対峙する相手の〈命中率〉と〈回避率〉にデバフを与える。

義体の耳でなければ超音波を捉えられなかっただろうし、原因不明の眩暈が起きてますます混乱させられていたに違いない。


とはいえ正体がわかったところで、何か対処ができるわけではない。

恐るべき剣士と厄介な魔剣の、最悪の組み合わせ。

これを凌ぎ続けるのは、九郎には難しい。

義体のおかげで超人的な運動能力と反射神経を得ているとはいえ、武道の心得がないのだ。

（このまま防戦一方じゃやられるだけだっ）

目まぐるしい連続攻撃を前にして、しかし九郎は勇気を以って呪文を詠唱する。

己の本領はどこにあるかを信じる。

『銀風絢爛、嵐を具して疾く参れ！』

ゲームで何百回と口ずさんできたフレーズを、ほとんど無意識に暗誦。

他のプレイヤーに嘲笑われながら、ナニクソと培ってきた技術が今、冴え渡る。

〈結界の短杖〉から発生した力場が魔剣の斬撃を弾き、顕現した《シルバーストーム》が小柄なリリサを吹き飛ばす！

離れての魔術合戦で圧倒し、接近戦でも凌駕（りょうが）してみせたのだ。

「糞（くそ）が！　どこまでデタラメな強さなのよ、おまえッ」

リリサが砂浜で受け身をとりながら怒鳴った。

美少女に似合わない、口汚い悪態。相当、精神が追い詰められている証拠。

「でも最後に勝つのはわたしだ！」

懐（ふところ）から取り出した何かを二つ、吸血姫が宙に投じた。

月光を照り返したそれは、巨（おお）きな二本の牙。

しかもみるみる膨張し、形を変えていく。

例えれば白骨化したリザードマンの如き、不気味なモンスターと化して襲い来る。

ゲームでも見た、〈スパルトイ〉という名のゴーレムの一種だ。

（じゃあ今投げたのは〈竜の牙〉⁉　貴重なもん次から次へと出してきやがって！）

女騎士さんと〈吸血城〉を探索しても、マジックアイテムの類（たぐい）がまるで見つからないはずだ。

リリサがとっくに持ち出していたからなのだろう。

〈蝙蝠の陣羽織（サーコート・オブ・バット）〉や〈超音剣（ソニックブレード）〉ほどではないが、〈竜の牙〉も稀少（きしょう）なアイテムだった。

ドラゴン系のモンスターを倒せば百パーセントドロップするのだが、何しろ《アローディア》というゲームでは、その竜族と戦う機会がほとんどないのだ。

一キャラクター一回しかできないイベントのボスだったり、高難度エリアの最深部に三日に一度しかポップしないＮＮＭ（ゆえに強豪クランで取り合い）だったりという有様。

たまに〈竜の牙〉だけがランダムで、競売所に並ぶこともあったが、まあ高い高い。

また「死してなお絶大な魔力を保つ」と説明欄に書かれているだけあり、用途は様々。

今リリサがしたように、ゴーレムを瞬間作成することもできる。

ただし幼竜の牙から作る〈レッサー・スパルトイ〉がレベル五十台で、成竜の牙からできる〈スパルトイ〉でもレベル六十台と、竜を狩るような上級プレイヤーからすると大したことがないので、わざわざゴーレムに変えるのは物好きくらいだったたが。

しかしリアルアローディアの住人からすれば、脅威に違いないだろう。

もちろん九郎にとっても、リリサと合わせて三対一の接近戦になるのはかなり苦しい。

ゲームのソロプレイヤー時代同様、逃げ回りながら魔法で迎撃といった戦術ならやりようがあるが、それだと女騎士さんを守りながら戦えない。

（くっそー、あっちはいいよな。なりふり構わず戦えるんだから）

貴重なマジックアイテムもバンバン投入して、まさしく総力戦の様相を呈（てい）しているリリサに、どんだけ殺意高いの⁉　と恨み言を叫びたくなる。

（なんとか『ミリアム』さんだけでも先に逃がせないか？）

二体の竜牙兵(スパルトイ)とともに迫るリリサをにらみながら、高速で算段を巡らす九郎。

(――いや、違うな)

しかし、それが考え違いだとすぐに気づいた。

女騎士さんはただ守られているだけの、か弱いヒロインではない。


ずっとソロプレイヤーだった九郎に、初めてできたパーティーメンバーなのだ。


「助太刀(すけだち)いたす、クロウ殿!」

今も状況を判断し、預けた〈ライフサッカー〉を携(たずさ)えて、リリサらの前に果敢に躍り出た。

濡れて重くなったマントを脱ぎ捨て、月明りの下に裸身を堂々とさらす潔(いさぎよ)さ!

三対一の状況でも、怯(ひる)むことなく斬(き)り結ぶ。

(おかげで俺は魔法に集中できる)

彼女の意気に九郎は応える。

『騎士の如き驍勇を(ヴァラ・シュヴァラレスク)!』

素早く呪文を唱え、《フルフィジカルアップ》で女騎士さんを支援。

ゲームにおいては〈筋力(STR)〉や〈敏捷(AGI)〉、〈知覚(SEN)〉といった身体能力系の全ステータスを上昇させる。

ソロプレイヤーの哀しさで、いつもは後衛職にもかかわらず自分自身に使っていたが、本来は前衛向けの強化魔法だ。

さらに《ストレングス》や《ヘイスト》の重ね掛けに、《グレート・プロテクション》の掛け直しと、矢継ぎ早にバフを連発。

女騎士さんの近接戦闘能力が、これで一気に跳ね上がる。

「私も少しはいいところを見せなくては、クロウ殿の相棒を名乗れなくなるのでね！」

「ざ、雑魚のくせに生意気なのよ！」

女騎士さんが意気盛んに咆え、リリサが負け惜しみを吠える。

そして女騎士さんの気迫に怯んだかのように、リリサと〈スパルトイ〉は攻めあぐねる。

もちろん、精神論のみでこの状況を語ることはできない。

守りに徹する有利も、数の不利を覆せるほどのものでは到底ない。

九郎の強化魔法でレベル差を埋めるのだって限度がある。

そう――

あくまで女騎士さんの地力の高さが、この拮抗状態を作っていた。

彼女の実力はここ半月で、飛躍的に上がっている。

九郎と〈吸血城〉の探索を続け、たむろする吸血熊を相手にパワーレベリングを続けた日々が、女騎士さんを強くしたのだ。

最終的にはその〈ヴァンプリック・グリズリー〉と——ゲームでは最大レベル六十の、中級プレイヤーの最後の壁となるモンスターと——タイマンで勝てるくらいに至っていた。

だから女騎士さんの獅子奮迅(ししふんじん)の白兵戦を、九郎も安心して見ていられた。

（戦士が前線を支えて、魔術師が火力を発揮する、か。俺も憧れてたなあ）

他のゲームではともかく、とことん〈魔術師(スペルキャスター)〉が不遇な《アローディア》では、ついぞ体験できなかったプレイスタイルだ。

だけど女騎士さんのおかげで、リアルでそれを実現できる。

『上古の黄銅、侮(あなど)るべからず。神性、光輝、纏(まと)い溢(あふ)れたるや！』

土属性の極大魔法、《オリハルコンブラスト》に思う様集中できる。

もう〈結界の短杖(ワンド・オブ・フォースフィールド)〉に頼る必要はなく、通常の〈魔法媒体〉の指輪で最大火力を追求できる。

前衛職がその役目を立派に担(にな)ってくれたのだ。

今度は後衛職がその役割を果たす番。

顕現した疑似オリハルコンの礫(つぶて)の雨が、〈スパルトイ〉の片方を滅多打ちにする。

ゲームでは打撃属性も持つ極大魔法が、打撃が弱点の骨型モンスターを一撃で粉砕する。

「ハハハ、お見事！　やはり御身こそ万夫不当(ばんぷふとう)の大魔術師だな！」

「調子に乗っちゃうからやめてぇ！」

戦闘中でも褒(ほ)め殺してくる女騎士さんハンパない。

九郎は気を引き締め直し、もう一体の竜牙兵(スパルトイ)も《オリハルコンブラスト》で片づける。

これで逆転、こちらが多勢の二対一。

「ここまでやっても勝てないってのか⁉」

リリサは金切り声でわめくと、尻尾(しっぽ)を巻いて遁走(とんそう)を図った。

もう奥の手(レアマジックアイテム)は残っていなかったか。

気の短そうな吸血姫だったが、引き際(ぎわ)をわきまえている分、母親(アルシメイア)よりよほど賢明だった。

（だけど逃がすかよ！）

ここで将来の禍根(かこん)を断たんと、九郎は次の呪文を詠唱する。

が、リリサの逃げ足は速かった。真っ黒な海の中へ、思いきりよく飛び込んでいった。

おかげで完全に見失ってしまう。

息継ぎに浮かび上がってくるのを待つが、その気配も全くない。

よほど長く息が持つのか、あるいはヴァンパイアはそもそも呼吸を必要としないのか。

「だったら流れる水を渡ってんじゃねえよ……」

九郎は悔(くや)し紛(まぎ)れに毒づいた。

地球の伝説伝承と違い、アローディア世界の吸血鬼は昼間でも平気だしいろいろと卑怯臭(ひきょうくさ)い。

「やむを得まい、クロウ殿」

「……っすね」

九郎は追撃を諦(あきら)める。

落胆で天を仰(あお)ぎそうになったが、

(でも『ミリアム』さんが無事だったんだから、それが何よりじゃないか)

喜ぶべき結末だと思い直した。

女騎士さんもまた喜色満面となって、

「まったくクロウ殿には何度感謝してもし足りないな。初めて会った日に続いて、助けられたのはこれで二度目だ」

「いや……俺たち、な、仲間なんすから、助けたの助けられたの、いちいちやめましょうよ」

仲間という言葉をいざリアルに口にしようとすると、妙に照れ臭いものがあって九郎はボソボソ答える。

「ハハハ！　そのお言葉も大変に光栄だが、しかしやはり私の気が済まない。ここは一つ、熱烈な抱擁(ほうよう)で胸の内を表そうと思うのだが、構わないかな？」

「その前に服着てください！」

全裸(マッパ)のまま堂々と両手を広げた女騎士さんに、あちこち隠して！　と九郎は絶叫した。

「おっと。私としたことが失念していたよ、ハハハハ！」

（絶対嘘やぞ）

確信犯やぞ。

†

（いかんなあ……。いかん、いかん）

九郎に「ミリアム」と名乗っているその彼女は、胸中で繰り返した。

夜が深まっていく中、二人で焚火に当たっている。

「町まで遠いし、濡れたまま帰ったら風邪引くと思うんで」

体を乾かしつつ温まっていこうと、九郎が提案してくれたのだ。

灯台が崩れてできた瓦礫の山が、ちょうど風除けにもなった。

薪も九郎が〈アイテムボックス〉に常備しているし、火は魔法ですぐ熾せる。

メルティアからもらったのだというアーティファクトのペンダントは本当に便利で、タオルも出てきたし着替えも貸してくれた。

背は彼女の方が少し高いため、九郎の服はサイズが合っていなかったけれど。

胸もさほどないとはいえ、男物だとさすがに窮屈だし。

「……ちんちくりんですんません」

「些細なことを気になさるな。その分、クロウ殿には測り知れぬほどの中身があろう」

「……些細なことが気になる中身まで小さな男ですんません」

「いやいや、世辞でも皮肉でもなくて！　私こそ女の中では背が高い方だしな。大柄な一族の血筋でな」

背の高い一族なのは本当なのだが、あまり説明すると身バレするのでそれ以上は言えない。なのでフォローとしても弱い。

「俺も日本じゃフツー（願望込み）なんすよ。こっちの人がやっぱ平均的にチョイ高いんすよ」

と、すっかり拗ねた様子の九郎に、彼女は苦笑いさせられる。

（こういうところはまだ子供なのだがなあ）

しかし九郎は異世界からわざわざ招聘された大魔術師で、未来の救世の英雄なのだ。

そのことを彼女は何度も何度も実感させられた。

今回の誘拐劇だとてそうだ。

きっと助けに来てくれると信じてはいたが、いざ本当に九郎が颯爽と駆けつけてくれた時、不覚なまでに胸が熱くなってしまった。

その後の崩壊する灯台からの大ジャンプや、伝説の吸血姫相手の大立ち回りでも、逼迫した状況で見せた少年の横顔の凛々しさに、胸がトキメいてしまった。

しかも実は継続中だ。一瞬の気の迷いだと思いたいのに、昂る気持ちが収まってくれない。

（いかんなあ……。まだ子供相手に私は……いかん、いかん）

膝を抱えるように座り直して、赤くなった頬を焚火の明かりで誤魔化す。

しばし無心になって炎を見つめる。

九郎も無言になって、所在なさげにしている。

だからか、無理やり話題をひねり出すように言ってきた。

「体は温まった？　そろそろ帰りますか、セイラさんも心配してるだろうし」

聞いて彼女の頬が「ひくっ」と攣る。

（私とこうして二人きりで過ごす時間より、メイド君を安心させる方が大事だとでも？）

らしくもないほど恨みがましい気持ちを抱いてしまった。

（いかん。……どうにもいかんな、今の私は）

冷静になるべきだった。

九郎がメイド君のことを大切にしていることも、憎からず想っていることも知っている。

それこそ拉致される前までは、二人の仲を応援する気持ちだってあった。

「実はセイラさんてば、『ミリアム』さんのこと大好きだったんすよ。だから絶対に助け出しててって、セイラさんにもハッパかけられて来たんす。素直じゃないんすよ、セイラさんて」

（セイラさん、セイラさん、セイラさん……）

なのにどうしてこんなにも、気分がザラついているのだろう。

「すまない、クロウ殿。体の芯まですっかり冷えきってしまったようだ」

おかげでみっともない嘘までついてしまう。

「あ、そすか。じゃあもうちょっと温まっていきますか」

「そっちに行っていいか？」

「ファッ!?」

「ほら、くっついていた方が、もっと温まるだろう？」

彼女はグイッと九郎に寄り添って、互いの二の腕をこれでもかと密着させる。

「えー……いやー……そりゃそう、なんすけどぉ」

腕が触れただけでタジタジになる男の子のことが、本当に可愛い。

これでよほどの魔術師だというのだから、ギャップが堪らない。

ついからかいたくなるメイド君の気持ちがよくわかる。

「抱き合った方がより温まると思わないか、クロウ殿？」

「ファーーーーーー!?」

「ただの医療行為だよ。何を照れる必要があるかい？」

「いやいやいやいやいやいや……」

「ほら、クロウ殿も脱いで」

「ストォォォォォップ！　その襟にかけた手、レッドカード!!」

「ならば服を着たままでいいさ」

「いやぁぁぁぁオトナの階段上っちゃううううう」

目を白黒させて大騒ぎする九郎を、彼女は逆に男らしい仕種で抱き寄せる。

男の子の体は温かく、心地よく、しばし真剣にうっとりする。

（まあ、しばらく堪能したら、メイド君に返してあげよう）

くつくつと忍び笑いを漏らす彼女。

それまでは焚火の前で、二人きりの夜を過ごした。

いかん、いかんなあ、と胸中で繰り返しながら。

第五章　九郎、帝国を訪れる

リリサによる女騎士さん誘拐事件の後は、楽しいだけの旅が続いた。

合計二十日もの長旅なんて九郎は初めての経験だったが、あっという間に過ぎてしまった。

暦は変わって四月。

馬車はいよいよ〈帝都ガイデス〉へ到着する。

もう日暮れで、普通なら外郭の門は締め切られ、街に入ることは許されない。旅人や交易商たちは、手前の宿場で一泊することを考慮すべき時刻だ。

しかしこの〈帝都〉は深夜であろうとも、門が閉じられることはない。

検問の目が少し厳しくなるだけで、何人でも通行を許可される。

眠らない都。不夜城。

そう呼ばれるアローディア世界屈指の百万都市なのだ。

「夜なのが信じられないくらい、街が明るいですね……」

セイラも馬車の窓から目抜き通りを眺め、脱帽していた。

特に、初めて見るだろう「街灯」の存在を、物珍しげに見つめていた。

「見習いや下っ端魔術師が、掃いて捨てるほどいるからな。日銭稼ぎに、都中に《ライト》の魔法をかけて回る習慣なのだよ」

女騎士さんが面白くなさそうに説明した。

好きなものはすぐ絶賛する彼女だが、嫌いなものには辛辣である。

愛国心の裏返しか、両国に長年の確執があったからか、とにかく〈帝国圏〉のことはあまりよく思っていないのが日頃の言動から察せられた。

「〈神聖王国圏〉でも富裕層が見習い魔術師を毎日雇って、邸宅に《ライト》を点けさせるという話は聞いたことがありますが……」

「ごくごく一握りの貴族や豪商だけだよ。雇おうにも魔術師の数がいなさすぎてな」

「なるほど……。ずいぶんと差があるものですね」

窓から目を離そうとしないセイラ。

人族最大の魔術大国の凄まじさに、着いたのっけから度肝を抜かれたようだ。

現代日本人の九郎からするとこれでもまだ灯りが頼りないくらいだが、日々の蝋燭やランプの油も節約するのが当たり前の世界で育ったセイラからすると、驚嘆すべき光景に違いない。

「その《ライト》という魔法、クロウ様は習得なさってないのですか?」

「うん、鋭い指摘だねセイラさん」

実は習得なさっていないのである。

というのも《アローディア》では、照明に関する魔法が存在しなかった。

当然だろう。ゲーム内では真夜中だろうがダンジョンだろうが、画面が薄っすらと暗くなるだけで、プレイに何も支障がない仕様なのだから。

おかげで九郎はリアルの夜の〈樹海〉を舐めてかかり、吸血女王を討伐した帰り道にひどく難儀したという経験がある。

ランタンの灯り程度では話にならなかった。右も左もわからなくなるようなあの深い暗闇は、もう二度と体験したくない。

一方、ゲームがこの異世界のチュートリアルだとしたら、リアルと違って照明周りがヌルい仕様は果たしてどうなんだ？　と思わないでもない。

しかし恐らくはメルティアがリアル指向の仕様を求めた上で、開発陣が止めたのではないか。

今時、照明にまつわるアイテムや魔法がないと、右も左もわからなくなるようなＲＰＧなどウケるとは思わない。

もし《アローディア》が全く流行らずプレイ人口も乏しかったら、魔術師の適格者を選抜する試練として機能しなくなってしまう。

それはメルティアも本意ではないだろう。

ともあれだ。

「〈帝都〉まで来たら、誰かに教わることもできるんじゃないかと思ってんだよね」

都中に魔法の街灯が並んでいる光景は、ゲームの〈帝都〉でも見た姿だ。

これだけ《ライト》の使い手がいるなら――いくら傲慢な国民性の帝国人とはいえ――一人くらい親切な魔術師だっているだろう。もちろん対価も払うし。

要は呪文さえわかれば、習得できる理屈なのだ。見習い魔術師でも使える初級の魔法なら、九郎の魔力が足りないなんてはずもない。

キャロシアナ姫の護衛ミッションが終わったら、あるいは最中でも機会があったら、優先的に教わりにいくつもりだった。

右も左もわからなくなるような深い暗闇は、もう二度と体験したくない（繰り返し強調）。

「ちなみにメルティア様はご存知なかったのだろうか？　いや、いくら博覧強記の神族であらせられようと、やはり魔術や魔法は勝手が違うのかもしれないが」

「うん、いい指摘すね『ミリアム』さん」

恐らくメルティアは知っていると思う。

ただオリジナルの究極魔法を創造するという九郎の最終目標を鑑みれば、いつまでも、何もかも、メルティアに教わるという態度では全く成長がない。

何より九郎が面白くない。

今自分が持っているゲームのメタ知識だとて、極上のMMORPGを楽しくプレイした過程で、自然と身についたものだ。

面白いから、誰にも負けないくらいやり込んだ。

やり込んだから、ここまで自分の血肉となった。

（結局、俺はどこまで行ってもゲーマーなんだよな）

もしメルティアの講義という形で異世界の知識を教わっていたら、全く頭に入らなかったに違いない。

だから九郎はこのリアルアローディアでも、自分の足と耳目を使って見聞を広めたい。

そう考えている。

「確かにメルティア様をして想像を絶するような高みにクロウ殿が到達せねば、究極魔法の創造など夢のまた夢であろうからな。メルティア様の知らないものを知るためには、常日頃から自立心と探求心を養うべきというのはしごく正論だ」

女騎士さんがまた大げさな物言いをしつつ、感心頻りの様子でウンウンうなずいていた。

（ついでに他の――ゲームじゃなんらかの理由で実装されてなかったけど、リアルじゃ便利な魔法とか見つかるかもしれないしねー）

例えばゲームではバランスを崩壊させる、空を飛ぶ魔法とか。

例えばゲームでは省略される要素の、暑さ寒さを凌ぐ魔法とか。

九郎の知らない魔法が、この〈帝都〉にはあるかもしれない。

（人族の最先端を行く魔法大国だもんな。ワクワクするよな）

思えばゲームでも初めて〈帝都〉を訪れた時に、興奮が収まらなかったものだ。

魔法のメッカと聞いて、中級帯のレベル三十になったら真っ先に目指した。

そして、ショップやオークションに並ぶ魔法関連アイテムの豊富さに目を輝かせ、魔道院のNPCにしか作成できない〈魔術師〉装備の材料集めに奔走し、新たな呪文を習得できるクエストの数々に挑戦した。

まあ、隅から隅まで舐め尽くすように探索した。プレイヤーに〈魔術師〉がほとんどいないから、魔法関連のイベント目白押しの〈帝都〉は無視されがちで、ネットの攻略記事もまるで充実していなかった。

だからこそ九郎は逆に、俺一人で完全制覇してやる！　と燃えた。

（〝炎獄の間〟までたどり着いたプレイヤーなんて、果たしてどんくらいいるんだろうな）

あのころの情熱を再び味わえるだろうか？　それはわからない。

ただ確実なことが一つある。

ゲームでは一度〈魔術師〉というクラスを極め尽くしてしまった九郎が、このリアルではまだまだ〝先〟へ進むことができるという事実――それはまさに喜びだ。

†

夜が更け、目抜き通りを歩く人々の姿もさすがに疎らとなってくる。

〈帝都〉は広く、馬車でどれだけ走っただろうか。

「《ライト》覚えたら家の中が明るくなるし、蠟燭に火を点けて回る必要なくなるし、セイラさんを楽させてあげるからね！」

「まあ。そんなことまで考えてくださっていたとは、クロウ様はお優しいですね。ふふふ」

「……イチャイチャしているところを申し訳ないが諸君、大使館に到着したぞ」

女騎士さんが尖った声で言うが早いか、五階建ての大きなお屋敷の前庭に停車した。

「ちょうど姫殿下もご到着だ」

と続けて教えてくれる女騎士さん。

また道中ずっと警護してくれた騎士らの先導で、九郎たちは玄関をくぐる。

（うおー。いよいよリアルキャロシアナ姫とご対面かあ）

と九郎も高まってきた。

ゲームで好きだった、ファンだったＮＰＣはたくさんいる。その中でもリアルのメルティアとは不意討ちでいきなり、リリサとは情緒のない敵対関係で出会った。

こうして「いざ今から会いに行きますよ」というシチュエーションは、これが初。ドキドキする。

「鼻の下が伸びておられますよ、クロウ様」

（マ⁉）

セイラに小声でボソッとツッコまれ、慌てて手で隠す。

「冗談です。が、浮ついておられるのが見え見えです。姫殿下に軽薄な魔術師だと思われるのは、クロウ様もご本意ではないのでは？　護衛としての信用もきっと損ないます」

「忠告あざす」

九郎は意識してキリッとした顔つきを作った。

本人はこれが「大魔術師然とした理想の顔」のつもりだったが、傍から見ると「最近色気づいて背伸びを始めた近所のマセガキの顔」だった。

しかし九郎はセイラの冷ややかな眼差しに気づかないまま、

（キャロシアナ姫どこどこ？）

とみっともなくない程度にエントランスホールを見回す。

三階まで吹き抜けの広間は、日本にある九郎の実家がすっぽり収まりそうなほど広く、大勢の人々が出迎えに集まっていた。

格好から類推するに大使や部下の外交官たち、事務職員の文官に駐在武官の騎士たち、生活面を支える侍従や侍女たちといった、実に様々な職種の人たちが総勢百人ほど。

その中にドレス姿の淑女然とした人たちがチラホラいて、すわキャロシアナ姫かと九郎の目は都度、釘付けになる。

長いキャンペーンクエストの最後に出会った金髪のお姫様――お人形然とした儚げな容姿の持ち主を探す、探す、探す。

が、いない！

どこにも見当たらない。

（姫殿下もちょうど到着したって、「ミリアム」さんが言ったのに……）

あの話はいったいなんだったのか？

九郎が内心、首を傾げている間にも、大使らしきでっぷりと肥えた初老のお貴族サマが目の前までやってきて、

「長旅、お疲れ様でございました。ようこそいらっしゃいました、キャロシアナ殿下。そして、異世界の大魔術師様」

と、こんな夜更けにこんな大勢で出迎えてくれた一同を代表し、一礼とともに挨拶した。

（だから、お姫様どこなの⁉　どこおおおおお⁉）

と、九郎は目を皿のようにするが、やはり該当人物は見つからない。

しかも、すぐに別の混乱に襲われた。

大使をはじめ出迎えてくれた百人全員が、一斉にひざまずいたのだ。

なぜか女騎士さんに向かって。

恭(うやうや)しく、頭(こうべ)を垂れたのだ。


そして女騎士さんも応(こた)えた。

「うむ、出迎え大儀である。このキャロシアナ、皆の忠義をうれしく思う」

――と。

威厳に満ちながらも、どこか余裕を感じさせる鷹揚(おうよう)な態度で。

「はあああああああああああああああああああああああああああああああああ⁉」

九郎はもう絶叫だ。

大魔術師然とした威厳なんて、取り繕(つくろ)っていられなかった。

「ハハハハ！　今まで隠していて悪かったな、クロウ殿」

「人が悪いってもんじゃないよっ。極悪だよっ」

九郎は口を尖らせて恨み言をぶつけた。

歓迎の挨拶の後に通された、応接室でのことである。

高っかそうな革張りのソファにセイラと並んで腰かけ、晩餐前の軽食をつまんでいる。

ローテーブルを挟んだ向かいには、女騎士さん改めキャロシアナ姫。

大層上機嫌というか、してやったり顔だ。

「なんで今まで隠してたんすか⁉」

「そりゃあお忍びの冒険中に出会ったら、素性の一つや二つは隠しもするさ」

「最初はわかるよ⁉　でも、ずっと隠しっ放しじゃなくてもいいじゃない！」

「御身が〈吸血ヘラジカの角〉集めを手伝ってくれたのも、〈吸血城〉の探索に誘ってくれたのも、うれしかったし楽しかったのだ。せっかくの良い関係を、下手に身分を明かすことで壊したくなかった」

「うっ」

それを言われると、九郎も二の句が継げない。

「女騎士さん」との気の置けない関係は、自分にとっても楽しかったし心地よかった。

果たしてキャロシアナ姫だと即座に打ち明けられていたら、同じように接することができたかは甚だ自信がない。

「じゃあ今回の依頼で、どうせ最後は身分がバレるのに、今日まで黙ってた理由は？」

「クロウ殿の驚く顔を見たかった。さっきの『はあああああ⁉』は最高だったよ」

「やっぱ極悪だよこの人！」

くつくつと忍び笑いをするキャロシアナを見て、〝おてんば姫〟の二つ名は伊達じゃないと痛感した。

一方、セイラは澄まし顔で、

「私はおかしいと思っていたのです。先ほど『ちょうど姫殿下もご到着だ』と仰いましたが、どうして一緒に馬車に乗っている騎士様が、そのことをご存知なのだろうかと」

「でも嘘ではなかっただろう？」

「はい。騎士様ご自身が姫殿下であらせられたのですから、確かにちょうどご到着ですね」

と、さすが冷静である。

（どうせ俺はリアルお姫様と会えるって思った時点で浮き足立ってましたよ！）

九郎は焼き菓子を頬張りながら拗ねる。

そして、腑に落ちないことはまだ一つあった。

「俺――のトモダチが前にキャロシアナ姫に会った時、金髪のお人形さんみたいなお姫様だったってたんすけおー」

ゲームでキャンペーンシナリオの最後に会えた、あのＮＰＣはいったいなんだったのか。

実物、鳶色の髪の女騎士さんみたいなおてんば姫でしたけど？

「ふーむ。そのご友人が面会したのは、恐らくミーナのことであろうな」

「どちらさんです？」

「私に仕える女官の中で最年少の、気弱な娘だ。私が城を抜け出している間にもし面会希望者が現れ、その者がどうしても無下にできない相手且つ、私とまだ面識がない場合には、女王の指示でミーナが私のふりをして面会に応じるのだ」

「ひでえ！」

「しかし私よりよほどお姫様らしいと、面会相手にも好評らしいぞ」

（それはそうかも！）

ここにも好評だった人間が一人いるし。

全ての真相を知り、九郎は天井を仰いだ。

（そうかー。俺がゲームで会ってファンになったお姫様は、本物じゃなくてそのミーナって人だったのかー）

この胸の想いはなんだったのだろうかと、遠い目になった。

ピク●ブで「キャロシアナ」のタグをつけて金髪儚げお姫様のファンアートを投稿している人々や、トゥイッターで#付けて〝おてんば姫〟の二つ名とのギャップ萌えを語っている人々が、もしこの真実を知ったらどんな反応するか見てみたい。

もちろん、本物のキャロシアナ姫＝女騎士さんだって、とても魅力的なお姉さんだけれど、それとこれとは話が別。

（俺がゲームでファンになった〝キャロシアナ姫〟は、リアルじゃいなかったのかー）

この喪失感は満たされない。

そして九郎が異世界アローディアに来て、ゲームよりリアルの方に大きな失望を抱いたのは、これが初めてのことであったトホホ……。


しかし、いつまでもしょーもないことでクヨクヨもしていられない。

「依頼の話に入っていいかな、魔術師殿？」

キャロシアナが居住まいを正し、そう切り出したからだ。

九郎もヤサグレ顔で焼き菓子を貪る手を止め、表情を引き締める。

「護衛、めっちゃがんばるっすよ」

警護する対象はなんとこの女騎士さんだったわけだが、他でもない彼女を守るのはますます気合が入るというものだ。

そしてキャロシアナ曰く、

「予定通り、十日後から正式な外交イベントや会談が始まる。しかし、それまでにも非公式にあちこちを訪問する必要があるのだ」

「ほうほう、と言いますと？」

「〈帝国圏〉にも我々と友好的な、親〈ヴェロキア〉派の貴族は少なくない。そういった方々への挨拶と根回しは、〝おてんば姫〟といえど疎かにはできない」

「へぇ～、国同士は仲が悪かったたって話なのに、そんな貴族もいるんすね～」

「どこにでもいるさ。我が〈ヴェロキア〉にも親〈帝国〉派の貴族は昔からいる」

「ぶっちゃけ売国奴やんってならないんすか？」

「本気で売国利敵を為す輩は斬首に処すべきだし、裏で企んでいないか注意深く見守る必要はある。しかし親しくしているというだけで、売国奴扱いはしないよ。仮想敵国と太いパイプを持つ貴族は、それはそれで有用だからね」

「え、どんな風に？」

中学生の九郎には想像がつかないのだが。

「例えば〈帝国〉の〈神聖王国圏〉への敵意が極まって、とうとう戦争になったとするだろう？　しかし大国同士の戦の場合、どちらかが絶滅するまでやり合うなんて、およそ現実的じゃない。半年か一年くらい殴り合った後、そこで手打ちという運びになるだろう。その時、より有利な講和条件を引き出すためにも、例えば〈ヴェロキア〉と親しい貴族を使者に立てた方が、我々も無下にはできないから有効なわけだよ」

「なるほど、確かに！」

「わかるだろう？　両国が仮にこれだけ決定的な敵対関係になったとしてもなお、親〈ヴェロキア〉貴族の使い道が〈帝国〉にはあるという話だね」

「なるほど、なるほど！」

キャロシアナの丁寧(ていねい)で明快な解説に、九郎は膝(ひざ)を叩(たた)いた。


これが逆に、もし〈帝国〉の〈神聖王国圏〉への敵意が行きすぎて、親〈ヴェロキア〉貴族を全部粛清(しゅくせい)した上で戦争を始めようものなら、大変なことになってしまう。

戦費が尽きてきたり、あるいは戦況が不利になったりと、そろそろ停戦したいと思っても、〈神聖王国圏〉と交渉するチャンネルを自ら破壊してしまったわけだから、話し合いに持ち込むことが難しい。

最悪、暴走列車の如(ごと)く、自国が破滅するまで戦争を続けなくてはならなくなるわけだ。


「そういうことっすよね？」

「さすがクロウ殿は理解が速いな。そう、国は大きくなればなるほど、いろいろと手札を確保しておくものなのだ。何かに一辺倒の国家というのは、上手(うま)くいっている時は強いが、政情が悪くなった時にコロリと斃(たお)れてしまう」

（はえー。やっぱこの人、お姫様なんだなあ）

九郎は政治の話などわからないが、キャロシアナの口からつらつらと出てくる言葉を聞いて、感心頻りとなる。

しかもわかりやすく、噛み砕いて話してくれるし。

「勉強になりました。それと話の腰を折っちゃったけど、その親〈ヴェロキア〉貴族のお宅にお邪魔するのに、俺もついていけばいいんすよね？」

「ああ、助かるよ。恐らく何も起こらないと思うが、クロウ殿は後ろで『デキる用心棒』面をして立ってくれているだけでいい」

「全力でにらみを利かせるっす！」

「問題は〈帝国〉との正式な会談が始まった後だ。まずは十日後の舞踏会だが、ここで見合い相手の第四皇子と初めて顔を合わせることになる」

（あ、そっか――）

すっかり失念していたが今回の訪問の目的は、〈帝国〉の皇子との政略結婚だ。

つまりは目の前にいる九郎にとっても大事なお姉さんが、どっかの男に嫁ぐという話だ。

（……なんやろ、この気持ち）

胸の中が急にモヤモヤし始めて、九郎は閉口した。

するとである。

隣に腰かけるセイラが――侍女然とした澄まし顔で、ずっと口を挟もうとしなかった彼女が、まるで九郎の気持ちを代理してくれるように質問した。

「殿下はその第四皇子と、本当にご結婚なされるおつもりなのですか？」

その答えを、九郎はドキドキしながら待った。

「ううん、どうだろうなあ」

果たしてキャロシアナはあっけらかんと答える。

「繰り返しになるが、今回の見合い話は〈帝国〉側の口実でしかなく、裏で何か企みが動いていると考えているんだよ。これは私一人ではなく国王をはじめ重臣一同の見解だ。だから結婚まで進む前に、〈帝国〉が仕掛けてくると思っている」

「ですがもし万が一、〈帝国〉側に裏がなかった場合はどうなされるのです？」

「その時は会ったことのない第四皇子殿が、私好みの男かどうか次第かなあ」

「なるほど。歳下のお相手とお聞きしましたが——からかうと可愛くて、でもいざという時は頼り甲斐のあるお方だといいですね」

「ハハハ！　それなら私も前向きに検討できるな」

何がおかしかったのか、セイラの発言にキャロシアナが呵々大笑した。

九郎が「？？？」となっていると、お姫様が続ける。

「しかし、それは望み薄だ。事前に調査させたところ、第四皇子は十七になっても母親の陰にずっと隠れているような、軟弱な御仁だそうだ」

キャロシアナの表情からは「結婚したくない。絶対にだ」という意志が伝わった。

「ですが殿下のご一存で破談ということになると、波風が立ちますよね？」

「頭の痛い話だ！　だからその時は――」

「その時は？」

「クロウ殿が私をさらって逃げてくれると助かるな。救世の魔術師殿の仕業なら、誰も文句はつけられないだろう、ハハハハ！」

（メチャクチャだよこの人！）

九郎は心の中でツッコむが、一方でこれがキャロシアナ一流のジョークだともわかった。

やはり彼女は〈帝国〉の裏の意図を疑い、あくまで結婚話には進まないという確信を持っているようだった。

実際にキャロシアナはまだ笑いの残滓で肩を震わせながら、こう言ってきた。

「まあ、さらうのは冗談としてもだ。私は何が起きようとも〈ヴェロキア〉に帰るつもりだし、しかし城は窮屈なので今後とも頻繁に抜け出すつもりだし、だからクロウ殿には変わらず気軽に冒険に誘って欲しいな」

「りょーかいっす、殿下！」

九郎も笑顔になって、二つ返事で請け合う。

「その『殿下』呼びもやめて欲しい。できればこうして人目がない時は、今まで通りに接してくれるとうれしい。セイラ君もだ」

「じゃあ、キャロシアナさん？」

「長いからカリンでもいいぞ。兄上たちも公式の場でもなければ、そう呼んでくださる」

「それもりょーかいっす！」

「畏まりました、カリン様」

セイラと二人でうなずく。

なんだか急にお腹が空いてきて、九郎は焼き菓子を頬張る。

上に載ったチーズの塩辛さと干しブドウの甘さが、互いに味を引き立て合って美味い。

思わずもう一個、もう一個と手が伸びる。

まして胸のモヤモヤのことなんて、いつの間にか忘れていた。

†

あっという間に九日がすぎた。

キャロシアナは精力的に親〈ヴェロキア〉貴族たちと会談し、九郎はあちこちに連れ回され、忙殺される日々だった。

そして、いよいよ正式な外交イベント――舞踏会の日が訪れる。

午後六時を報せる鐘の音が、遠く聞こえる。

九郎は慣れないジャケットを羽織った貴族の装束で、会場となる宮殿へ馬車で向かっていた。

対面の座席にはセイラとキャロシアナが腰かけている。

二人も今夜はドレス姿だ。

セイラのそれは水色を基調とし、腰に一輪あしらわれた花飾りが、彼女の楚々とした魅力を壊すことなく艶やかに彩るアクセントとなっている。

キャロシアナのそれは緋色を基調とし、燃え上がるような鮮やかさで目を惹きつつも、シルエットデザインそのものは古典的な大人しいもので、王族としての品位が損なわれていない。

普段のセイラのメイドさんスタイルや、キャロシアナの女騎士さんスタイルもとても良いが、華やいだドレスは美人をさらに美しく見せる。

特に夜会用のそれは胸元や肩回りが大胆に露出しているので、えっちだし。

ぶっちゃけ目の保養である。

一方、セイラとキャロシアナは、そんなデレデレしている九郎の視線が内心で誇らしくて、本日はわざと対面に座って見せつけているのだが、九郎はそんな女心に全く気づいていない。

「いよいよ敵の懐に飛び込むっすねー」

と色気もへったくれもない話題を振る。

「私に言わせればこの都が既に敵の懐中で、宮殿はもはや胃袋の中だがな」

と女騎士さんが苦笑いで答える。

「消化されないように気をつけなければなりませんね」

とセイラがにわかに緊張を表情ににじませる。

舞踏会のような場では、男女同伴で出席するのが作法らしい。

それで九郎のパートナーとして、セイラにはつき合ってもらっている。

会場が敵地になる可能性はゼロではないが、下手に大使館に残るより九郎の傍の方が安全というのもある。

「ハハハ、奴らも初日から仕掛けてはこないだろうさ。もっとリラックスしたまえ、セイラ君」

「いえ、身の危険に関してはさほど心配しておりません」

とセイラは九郎を見る瞳に信頼の色を浮かべつつも、

「ですが私は舞踏会の作法など全くわかりませんし、何かしでかしてクロウ様やカリン様に恥をかかせてしまうのが不安で……」

「それ言ったら俺だって庶民だし、さっぱりだよ！」

「大丈夫だ。立食式のパーティーだから、壁際で突っ立っておけばいい。並んでいる料理を端から食べていてもいいぞ。誰かに話しかけられたら適当に聞き流して、ひたすら笑顔で相槌を打っておけ。ただし曖昧に、イエスともノーとも言質をとられない反応を心がける。ダンスに誘われた時は、きっぱりと断って構わない。先約があると言っておけば、角も立たないしな。

後はそうだな――」

（既に覚えることが多いんですが⁉）

本当に大丈夫なのか九郎まで不安になってきた。

セイラもますます顔を強張らせて、

「先約があると答えて、お相手は誰かといつ終わるのかともし追及された時は、どうすればよいのでしょうか……？」

「ハハハ、そんな無粋なことを言う田舎貴族がいるとは思えないがね！　もしもそうなったら、如何にも『ワタクシ気分を害しました』という顔をして、その場を立ち去ればいいさ」

「それでしたらなんとか……」

「取り付く島もない態度をとるのは、セイラ君は得意だろう？　私の時がそうだったからな」

「カリン様と違って身分を偽って人をだました経験がございませんので、自信ありません」

（思い出したようにバチギスするのやめてぇ……）

九郎はすっかり忘れていたのに。

「と、とにかくアドバイスを実行しつつ、カリンさんの目の届くところにいるようにするね」

執り成すために、強引に話題を変えていくー。

「ああ、頼りにしているよ」

「気を引き締めて参りましょう」

二人はすぐに休戦してくれた。

九郎のフォローのおかげでというよりは、馬車が会場近くまで来たからだ。

〈帝都ガイデス〉の中心よりやや北、四つの丘陵に囲まれた〈ガイデス宮殿〉。

この都では主要な建物をはじめ川や公園、通りに至るまで、なんでもかんでも初代皇帝ガイデスの名前がとって付けられている。

魔王殺しの英雄でもあった彼だが、どれだけ自己顕示欲の強い男だったのか、そのこと一つとっても窺い知れる。

また〈ガイデス宮殿〉はアローディア世界最大の建築物の一つで、庭園や離宮も含めれば、それこそ小国の都が一個分入るほどの敷地面積を誇る。

今夜の舞踏会も離宮の一つである、〝黒鷲宮〟で行われる。

宮殿正門から会場まで舗装された道が続き、玄関前に馬車で乗り付けることが可能だった。

〈ヴェロキア〉大使館と同じくらい大きなお屋敷が見えてきて、キャロシアナにあれがそうだと教えてもらう。

九郎も座席で背筋を正し、完全に護衛モードに。

『小心ゆえに鋭敏なる者よ。おまえの臆病を貸しておくれ』

呪文を唱えると、掌の上に小さな野ネズミが出現する。

《クリエイト：アラーム・マウス》の魔法で作り出した、疑似生命体の使い魔だ。

よくよく観察すれば、瞳がないのがわかる。

これはゲームでは普通にレベルアップしていっても覚えることができない魔法で――まさにこの〈帝都〉で――レベル六十五から受注できるクエストの達成報酬として、九郎は習得した。

〈アラーム・マウス〉は周囲の魔力を感知し、モンスターや敵性NPCの様々な奇襲（透明化して近づいてくるだとか遠距離からの攻撃魔法だとか）を事前に報せてくれる能力を持つ。

ただし魔力に寄らない落とし穴等の罠だとか、弓矢による不意討ちだとかに対しては無反応なので、これ一匹いれば絶対安心というわけではない。

また維持をするのに、ずっと主人の魔力を微量ながら食い続けるのも玉に瑕だ。

しかしそれでも今回みたいに、魔法の使い手を警戒すべきシチュエーションでは、とにかく頼りになる使い魔といえよう。

キャロシアナの連日の非公式会談でも、九郎はこの〈アラーム・マウス〉を帯同した。

そして今日もまた懐に忍ばせる。

暮れなずむ空の下、行く手に見える〝黒鷲宮〟。

その名の通り闇を漆喰代わりに塗り固めたようなその外観が、どこか魔王城然として、九郎らを不気味に待ち構えているかのようだった。


帝室お抱えの楽団が奏でる調べが、白々しく広間に流れる。

曲に合わせて優雅に踊る男女も、あるいは談笑に興じる紳士淑女も、お人形めいて見える。

どうにも現実味がない。

それが舞踏会に参加した、九郎の感想だった。

(単に俺が場違いだからか？　それとも〈帝国〉の連中ってだけで偏見があるからか？)

最初はそう思ったが、壁際に突っ立って観察しているうちに考えを改めた。

この場にいる大半は〈帝国圏〉の上級貴族なのだろうが、誰も彼もが仮面のような作り笑いを浮かべ、心から楽しんでいる者が見当たらないからだ。

(薄っ気味ワリぃ……)

胸中で毒づく九郎。

パートナーのマナーとして、隣でそっと腕を組んでくれているセイラの温もりだけが、この上辺だけは絢爛な空間で感じられる、唯一の人がましいものだった。

「カリン様もお辛そうですね……」

同じような感想を抱いていたのか、セイラが耳打ちしてくる。

一緒に上座を見守る。

立食形式のパーティーだが、今夜の主役であるキャロシアナと第四皇子だけは、広間の奥に並んで腰かけていた。

これがお見合い第一回目のはずだが、二人が会話を交わしている様子は見られない。

というか〈帝国〉貴族がひっきりなしに挨拶に訪れるので、キャロシアナはその応対に専念させられている。

（顔だけは笑ってるけど、メチャクチャつまんなそう……）

さすが如才なく振舞ってはいるけれど、「城なんて窮屈」と言って憚らない〝おてんば姫〟だから、さもありなん。

一方で第四皇子殿下はといえば、もう見るからに幼稚な人物だった。

風采が上がらないとか、そんな上等なものですらない。

誰が挨拶に来てもオドオド、キョドキョド、まともに受け答えができない。

〈帝国〉貴族なんて皇子からすれば臣下に当たるのだから、気後れする必要はないだろうに。

しかもキャロシアナに対しては一度だって目も向けない。

美人に照れてるとか、そんなんじゃない。これから結婚する相手かもしれないという現実を直視することを避けているよう。

（十七歳っつったっけ？　じゃあ高校二年か三年？　嘘でしょ）

　図体ばかり大きい小学生といわれても、九郎は驚かないだろう。


（あ～あ……）

護衛（しごと）なので仕方がないが、キャロシアナの痛々しい姿を見るのもいい加減辛くなってきた。

「気分転換に私たちも一曲、踊りませんか？」

「いや俺、踊れないし……」

ダンスなんて小学校の体育の授業で、創作ダンスをやらされたきりだ。

この場で求められる社交ダンスなんて、無理に決まっている。

「ご安心ください、私も経験はないので大丈夫です」

「それ一個も大丈夫じゃないよね⁉」

「一緒に恥をかきにいきませんか？」

「そこまでして踊りたい理由とはいったい……」

「お城の舞踏会なんて、普通に女の子の憧（あこが）れですが？」

「うっなるほど」

九郎は男の子だし現代人のせいかちっとも憧れないが、少しうっとりした顔で言うセイラの気持ちがまるでわからないほど野暮でもなかった。

「じゃ、じゃあ、それは今度にしよう。俺もセイラさんもちゃんとダンスを習って、それから〈ヴェロキア〉のお城に招待してもらおう。その方が絶対ステキだし」

本来なら社交ダンスを習うなんて真っ平御免だが、他ならぬセイラの夢を叶えるためならば、そのくらいの努力はわけもない。

「ふふっ。約束ですよ？」

クールなセイラが屈託のない笑顔を見せてくれる。

それだけ内心、喜んでくれているのだろう。

「俺も先に謝っておくけど、特訓中にセイラさんの足を踏みまくったらごめんね……」

「大丈夫です。私の方がもっとたくさん踏んで勝ちますから」

「そういう得点を競うスポーツじゃないからね!?」

「冗談です」

無邪気な笑顔から一転、いつものニヤ～ッとした笑い方になるセイラ。

「クロウ様をからかっていたらお腹が空きましたね。何かお食事をとってきましょうか？」

「……や、俺も一緒に行くよ」

上座の様子から注意は外さず、セイラと料理をとりにいく。

すぐ近くで、長テーブルいっぱいに並べて酒と一緒に提供されていた。

（お仕事にしてもつまんないパーティーだけど、せめて美味いもん食べて元とろ）

と思っていたのだが――それさえ許されなかった。

「少しいいかね、君」

と、いきなり呼び止められたのだ。

振り返れば、五十代前半くらいの二人組が立っている。

どちらも身なりがすこぶるよく、また威厳に満ちた顔つき。

（げぇっ）

その顔を見た途端、九郎は危うく悲鳴を漏らしそうになった。

二人ともリアルでは初対面だが、ゲームで見知った有名人だった。

メタな知識などないセイラも――知らないなりに感じとれるものがあるのだろう――九郎の腕に添えた手から、緊張する気配が伝わった。

「ずいぶんとお若いお客人だが、もしやキャロシアナ姫のご友人かな？」

そう言ってさも気さくげに話しかけてくるのは、立派なヒゲを蓄えた男。

ぶっちゃけこの国でいっちゃん偉い人だ。

すなわち〝皇帝ニコラウス四世〟だ。

「陛下の腰の軽さは時に美徳ですが、何もご存じでない異国の方の前でもそう振る舞うのは、如何なものかと。ご覧なさい、声を失っておられますぞ」

そう言って恐れげもなく忠告するのは、〈世界樹の杖〉を携えた男。

ぶっちゃけ魔道院でいっちゃん偉い人だ。

すなわち〝尊師ラカニト〟だ。

（な、ナニこの状況⁉　ぶっちゃけあり得んやろ〜〜〜〜〜〜っ）

〈帝国〉の表と裏の部分をそれぞれ支配する、二大巨頭ともいうべき男たちに挟まれ、九郎は狼狽のあまり卒倒しそうになった。

実際、一国の主が名前も知らない相手にいきなり話しかけてくるなど（いくらお客とはいえ）宮廷の常識的にあり得ないのだが、作法に通じていない九郎はその異常性に気づいていない。

ただ青天の霹靂に、脂汗を垂らしていた。

（サーセン、第四皇子サン！　十代のガキが完璧に社交界に適応しろとか無理だわ！　アンタの気持ちが今わかったわ！）

心の中で第四皇子に謝罪しながら、どう受け答えすれば**皇帝相手に失礼ないか**、必死に頭の中で考えていた。

「ハ、ハイー。きゃろしあな姫のゴユージンで、九郎と申しやすー。イゴお見知りおきをー」

裏返った声で、いろいろとやらかしまくった自己紹介をする九郎。

セイラの白い目が横顔に突き刺さる、突き刺さる。

「やはりそうか！　ならばキャロシアナ姫ともども、ぜひ今夜は楽しんでいって欲しい――

と言いたいところだが、敵地ではなかなかそうリラックスもできんよなあ？」

　皇帝はそう冗談めかすと、不敵且つ男性的な魅力に満ちた笑みをニヤリと浮かべる。

「イ、イヤー敵地だなんてソンナー。これから両国は仲良くやっていくわけですしおすし」

「うむうむ、〈ヴェロキア〉の方にもそう思っていただけるのはありがたい。こたびの婚儀が両国の懸け橋となることを、余は心から願っておるよ」

「デ、デスヨネー。懸け橋バンザーイ！」

「陛下、そろそろ……」

「わかっておるわ、ラカニト！　ではクロウ殿、余はこれで失礼する。次はもっと砕けた場で、酒でも酌み交わしながらゆっくり話そう」

　皇帝は豪快に笑いながら、堂々と去っていった。

「…………」

〝尊師ラカニト〟はその後に続きながら――一度だけ九郎を振り返り――まるで腹の裏側まで見通そうとするような眼差しを、じっと向けてきた。

（最後の最後まで脅かしてくやん）

　おかげで九郎はかえって頭が冷える。

（もしかして、俺が何者か知ってて様子見にきた？）

　あり得ない話ではない。

九郎がメルティアに召喚された異世界の魔術師だということは、〈ヴェロキア〉大使館の人たちに特に隠していない。

〈帝国〉側だとて日々あの手この手で探りを入れているだろうし、大使館に勤める末端の侍従や侍女（といっても下級貴族の子弟だったりするが）辺りが小遣い欲しさにお漏らしした――なんていくらでも想像がつく。

とはいえ、だ。二大巨頭に初っ端から目を付けられてやだな～、とは思うものの別に実害を被ったわけではない。

気に病むだけ負けだろう。

隣でセイラも緊張を解いて、

「話の流れから察するに、今のが皇帝陛下ですか？」

「そ、そ。もう一人が魔道院の長官」

「さすが一国の重鎮ともなると、プレッシャーが違いましたね。神族の方々とはまた別種の」

その重圧の元凶二人がいなくなって、セイラは胸を撫で下ろす。

「冷や汗もんだったよねー」

と九郎も同意。

するとセイラが急に、こちらをからかうようにニヤ〜ッと笑って、

「ええ。クロウ様がどこまでやらかすのかと内心、冷や冷やでした」

「ハ⁉　俺なんかやらかしました⁉」

「話しかけられたらとにかく曖昧な物言いに終始して、イエスもノーも言質をとられることになるからいけないとカリン様に口を酸っぱくして言われたでしょう？　なのにクロウ様ったら、調子よくハイハイご返事なさって。ダメですよ？」

「サーセン反省します！」

「あとカリン様のご結婚を祝福するととれる台詞、ご本人にチクっておきますね？」

「それだけはマジで勘弁してください！」

あれは言葉の綾だから‼


その後は拍子抜けするほど問題もなく、舞踏会は終了した。

〈アラーム・マウス〉も一度も鳴かなかった。

というか〈帝国〉側の予期せぬアクシデントで、早々にお開きとなったのだ。

主役の一人である第四皇子が、よほど精神的に追い詰められていたのか、ゲェゲェと嘔吐が止まらなくなってパーティーどころではなくなった次第である。

医師と警備兵らに運び出されながら、「母上（ママア）〜」と甘えた声で泣き叫び続ける第四皇子の姿を、九郎はなんとも言えない気持ちで見送った。

そして帰りの馬車でキャロシアナが、

「私はあんな男とは絶対に結婚しないからな！」

と憤懣（ふんまん）やる方ない様子で座席を叩いていたのが、九郎とセイラの苦笑を誘った。

†

〈ガイデス宮殿〉の地下深くに、〝炎獄の間〟と初代皇帝が名づけた秘密の場所がある。

中央に飾り気のない祭壇が設（しつら）えられただけの、殺風景な儀式場だ。

歴代皇帝と魔道院長官、及びその二人が許可を与えた者だけが入ることを許される。

今――

その〝炎獄の間〟に、当代の皇帝ニコラウスと長官ラカニトがそろって立っていた。

「あんな小僧が、異世界からわざわざ召喚した魔術師とはな。ただの子供ではないか」

そう吐き捨てる皇帝には、九郎の前で見せた気さくさの欠片（かけら）もなかった。

「メルティアもそれを承知で、藁（わら）にもすがる気持ちで頼（つ）っておるのでしょう」

ラカニトもまたそれを諌（いさ）めるでもなく、口の端を吊り上げて嘲笑（ちょうしょう）した。

「フン、いっそ憐れなことよな」

「仰せの通りアロード神族といえど、それだけ魔王の存在は恐ろしいのかと」

ラカニトが同意すると、皇帝は積年の仇敵がそこにいるかのように石の天井をにらみつける。

「〈ヴェロキア〉も〈テュール〉も――〈神聖王国圏〉などと肩を寄せ合っておる弱国どもは、恐るるに足らん。だが奴らを庇護するアロード神族は、人の身では到底敵わん」

ゆえに〈帝国〉は〈神聖王国圏〉を圧倒できる軍事力を有していながら、この二百年の間に一度も戦争を仕掛けていない。

もし宣戦布告をした時、アロード神族が果たしてどんなスタンスをとるのかが読めない。

「人族の問題は人族で解決するべし」と、あくまで傍観を気取ってくれるならよし。

しかし庇護する〈神聖王国圏〉のために、神族どもが超常の力を以って戦場に介入する可能性を考慮すると、どうしても侵略に踏み切ることができない。

「〈神聖王国圏〉の完全征服は、我が〈帝国〉の悲願である――」

あるいは呪縛というべきか。

〈帝国圏〉は強い領土的野心を持っていながら、二百年もそれを燻らせ、持て余してきたのだ。

沈殿に沈殿を重ねた想いはもはや怨念めいていて、帝室に重くのしかかり、縛る。

「ゆえに〈帝国〉は手に入れなければならん。アロード神族をも凌駕する〝力〟を」

皇帝は右手で拳を作り、にぎり締めて震わせる。

「ゆえに我らは手に入れなければなりません。アロード神族ですら恐れる魔王の〝力〟を」

ラカニトもまた〈世界樹の杖〉をにぎる手に力を込める。

二人が見つめる先には、祭壇の上で激しく燃える炎がある。

もはや何者の管理も受け付けず、しかし五百年絶えることなく燃え続ける、神秘の炎だ。

そしてその火中には、不気味な影が揺らめいていた。

影は人の右腕の如き形をしていた。

「キャロシアナ姫を必ずこの手中にする。……ラカニトよ、目下の障害はなんだ？」

「護衛の騎士どもは取るに足らず。やはりあの異世界の魔術師ということになりましょうな」

今夜の晩餐会でも、懐にしっかり〈アラーム・マウス〉を潜ませていた。

おかげで軽々に魔法を用いることができなかった。

「しかし、ただの子供であろう。不用意には動けぬのなら、一息に仕留めればよい」

「ですゆえ私が手塩にかけた高弟たちを、総動員する準備をしております」

「さすれば敵ではなし、か。あいわかった、いつ仕掛けるかは貴様に一任する」

「御意」

「ラカニトよ。貴様が余に仕え、〈帝国〉に尽くしてくれた三十年、余は決して忘れぬ」

「もったいなきお言葉にございます」

「こたびの作戦はその総仕上げとなろう。余と貴様とで悲願を果たすのだ」

「はい、陛下。我がニコラウス陛下」

ラカニトが主君に向かって深々と頭（こうべ）を垂れる。

皇帝は重くうなずくと、踵（きびす）を返す。

その堂々たる足音が、〝炎獄の間〟の外へと消えていく。

残ったのは魔道院長官一人。

否（いな）——

皇帝はついぞ気づくことができなかったが、広間の隅、祭壇の灯りが届かぬ闇の中に、もう一人と一匹が潜んでいた。


〝半人半妖（はんよう）の吸血姫リリサ〟と、〝情報屋〟と呼ばれる野ネズミである。


「〈帝国〉に尽くした三十年ですって。笑えるわね」

『おめでたい皇帝陛下だよ。ま、知らない方が幸せってことが、世の中あるわな』

「そう言ってやるな。あれで彼は苦労人なのだよ」

ラカニトは深々と下げていた顔を上げた。

そこにあるのは、目も鼻も口もない、変わり果てた無貌(むぼう)の相であった。

「久しぶりね、キラゴ＝ラゴ」

『オレとも何年ぶりだ？　旦那が尊師サマに取って代わったのが確か――』

「二年前だ」

口だけが裂けるように生まれると、無貌の男は別人の如く若々しい声音(こわね)で答えた。

いや、実際に別人なのだ。

現皇帝に三十年仕え、魔道院長官まで上り詰めた〝尊師ラカニト〟という男は、もうこの世にはいない。

〈帝国〉の要人になりすますために、彼の手で二年前に暗殺した。

魔界の大貴族である彼――〈ドッペルゲンガー・ロード〉キラゴ＝ラゴ自らが。

気づかぬは人間ばかりである。

魔道院の直弟子(じきでし)たちはおろか、三十年来のつき合いの皇帝でさえ、変身種族の長(ドッペルゲンガー・ロード)である彼の完璧な偽装能力を看破することは不可能だった。

しかし、だからこそ自分の正体を知る者との接触は、最小限に留めたい。

露見の可能性を引き上げたくない。

キラゴ＝ラゴは、足元の野ネズミへ向かって舌打ちする。

「私がここにいるとリリサに漏らしたのはおまえか、〝情報屋〟？」

『そう！　旦那と目的が一致してるんじゃないかと思い立ってね』

「異世界の魔術師と戦うんでしょう？　わたしにも手伝わせてよ」

『ほら、お互い協力すればウィン・ウィンだろう？　しかも仲介料ならリリサからもらってるから、旦那からは要らないよ』

キラゴ＝ラゴが秘密裏に進めている計画をリリサに漏洩——情報として売っておきながら、いけしゃあしゃあと恩を着せてくる野ネズミに、彼は静かに苛立ちを覚える。

（しかしまあ、使い道はあるか）

そう思えばこそ、踏み潰さないでいられる。

リリサを味方に引き入れるのは、保険として悪くない。

何しろ彼女は、偉大なる吸血鬼の女王アルシメイアの血を引く実子なのだ。

純血の吸血鬼じゃなく父親は人族だが、その点も別に偏見はない。

リリサの父親はただの劣等種ではなく、先の魔王大戦で人類を裏切り、その実力で魔族社会でも一目置かれて成り上がり、〝反英雄〟と敵味方から呼び恐れられたほどの傑物だからだ。

「承知した。女王陛下の愛娘のお力、借りるとしよう」

「わたしも音に聞こえるあんたの実力、期待してるわ」

『ヴァンパイアとドッペルゲンガー——魔界でも有数の種族を代表するアンタらが、力を合わせればまさに鬼に金棒ってもんさ！』

——と。

燃える祭壇の炎の前で、三人の魔族たちは嗤笑（ししょう）した。

第六章

九郎、魔法発明家に会いに行く

舞踏会の日から、さらに一週間が経った。

その間、キャロシアナ姫は〈帝国〉の有力者たちと会合を重ね、両国の修好の道を模索した。

一方、第四皇子との見合いは一向に進まなかった。

皇子は極度の人見知りだそうで、キャロシアナ姫と同席しても目も合わせられない、キャロシアナ姫の方から穏やかに声をかけても返事もできない、あげくものの一時間もしないうちに緊張でまた嘔吐する、母親を求めて泣き叫ぶと、埒が明かなかった。

「幼稚園児並やん」と九郎は正直思ったし、そんな皇子につき合わされるキャロシアナの愚痴につき合わされるという悲劇が続いた。


しかし本日、護衛の任務はお休みである。

この一週間の会談で様々な政治的課題が浮かび上がり、そろそろ一度〈ヴェロキア〉に持ち帰って検討すべきだというキャロシアナの判断で、随員とともに一時帰国していた。

旅の女神像があるからこその、外交のスピード感といえよう。

またセイラもそろそろ我が家の掃除をしないと埃の溜まりが気になると言い出して、キャロシアナと一緒に帰国した。

というわけで自由時間を得た九郎は、〈帝都〉に残り《ライト》を習得することにした。

午前のうちから出かけ、学術特区へ向かう。

帝室が魔術振興のために設けた町で、公立私立を問わず様々な魔法の研究所や魔術師の養成機関、錬金ギルド等の魔術と密接した組合所、また書物や道具、装備を取り扱った店舗等が、一所に集まっている。

〈帝都〉で名の知れた魔術師たちも、ここに居を構えていることが多い。

九郎が足を運んだのも、そんな一人が悠々自適に暮らしている住居兼研究所であった。

オンボロだし猫の額のような土地ながら、庭付き一戸建て。

目的の人物は、春の陽気に誘われるように庭で日向ぼっこしていた。

如何にも魔法使い然としたトンガリ帽子が似合う、七十歳前後の老人である。

ゲームでも〝魔法発明家ニコライ〟の名で、NPCとして登場していた。

「こんちゃーす」

デッキチェアを出して書物を読み耽っている老魔術師に、九郎は控えめに声をかける。

「おや、どちらさんかの？」

果たしてニコライは本から顔を上げると、気分を害した様子もなく応じてくれた。

「あ、俺――」

「いやいや待て待て、当てて進ぜよう。先ごろワシが発表した『背中の痒さが四分の一に減る魔法』に感銘を受けて、弟子入り志願にきた学生さん――どうじゃ、合っとるじゃろ？」

「あ、いいえ、教えて欲しいのは《ライト》なんすけど……」

「なんじゃあ、当たらずとも遠からずといったところかのう」

（だいぶ〝遠い〟と思うんすけおー……）

九郎は内心呆れたが、教わりにきた立場なのでお口にチャックした。

一方、ニコライは好々爺然とした笑顔になって、

「まあよいわい。で、《ライト》を習いたいと申したかの？　ということはおまえさん、まだ学生でもない魔術師志望者か。それで最初にワシのところへ来るとは見る目のある。うむ、魔術師という連中はすぐ偏屈をこじらせて、お高く留まりおる。その点ワシは心優しい男じゃから、おまえさんのことはもちろん弟子にしてやるし、《ライト》くらい三日で習得できるよう指導してやろうぞ」

「あ、いいえ、弟子入りとかそういうのいいんで、サクッと呪文だけ教えてもらえれば――」

「なんじゃとぉ!?　入門もせずコツだけ盗んで行こうてかこの泥棒があ!!」

（アンタも偏屈こじらせてんじゃん！）

ニコニコしていたかと思えば憤怒の形相に豹変する老人に、九郎は心の中でツッコむ。

ゲームの中でもこの老人はそうだった。

「気さくで偏屈」とでもいうしかない変人性が、会話テキストから伝わってくるＮＰＣだった。

その変人魔術師がリアルでもまくし立てる。

「さては貴様、《ライト》を習いたいというのは建前で、ワシが研究中の『箪笥に小指をぶつけても痛くなくなる魔法』が目当ての魔術スパイじゃな⁉」

「そんな愉快な――もとい高尚な魔法は結構なんで、《ライト》だけ今すぐ教えてください！」

「ぶぁっかもん！　ワシのような偉大な魔術師に教わりたくばまずは三年！　名目は弟子だが事実上の奴隷として滅私奉公し、ご恩を先払いするのが相場と決まっておろうがッ！」

本音ダダ漏れすぎるだろ！

「それがヤだから呪文だけ教えてっつってんすけおー」

「かーっ最近の若者は本当になっとらん！　下積みの大切さを軽視し、インスタントに結果ばかりを求めおる。ワシらが若いころは忍耐強く、師を心から敬ったもんじゃが、ヨモスエじゃ」

「などとお年寄りは皆さん仰いますが、実際には皆さんがお若いころだって先人から苦言を呈されていたのが現実で、つまりいつの時代も問題なのは『若者の至らなさ』ではなく『老人の偏狭さ』であると（ネットに書いてありました）」

「ガキが――屁理屈をこねるなよ」

「いいから早よ教えて！」

九郎もだんだん丁寧語を使うのが億劫になって、乱暴に怒鳴り返す。

（別に《ライト》を教わるだけなら、この奇特なジイサンにこだわる必要もないんだけどな）

しかし可能なら懇意になっておきたかった。拘束される弟子入り以外の形で。

というのもこの面倒臭いジイサンは、魔法の発明者としては正真正銘の大家だからだ。

実際ゲーム内で、クエスト報酬として習得した《クリエイト：アラーム・マウス》だって、依頼者はこの老魔術師なのである。

その他にも《サーチ：アンデッド》や《インヴィジビリティ》など、〝魔法発明家ニコライ〟から受注できるクエストで、九郎が習得した特殊魔法は多岐に亘る。

いつか究極魔法を編み出さなくてはならない九郎にとって、オリジナルの新魔法を次々と生み出した実績を持つこの老人は、またとない手本になる可能性が高いのだ。

仕方なく九郎は、もう一度下手に出ることにする。

「わかりました、敬意を払います。滅私奉公はしませんが、以後〝心の先生〟と呼ばせてもらうことにします」

「実を伴ってない敬意など要らんわ！」

どうしても弟子という名の労働力が欲しいらしい。

このジジイ……と思いつつ九郎はグッと堪えて笑顔を作って、

「魔法の発明家であるニコライ先生のご高名は、〈帝国圏〉だけじゃなくて世界中に——いえ、異世界にだって轟いてるっす」

「異世界とは大きく出たが、まあそれくらいワシはたくさんの魔法を編み出してきたからの。特に近年の集大成である『ブサメンでも異性に名前を憶えてもらえる魔法』は巷で大評判じゃ」

（なんかもう魔法ってよりハウツー本のタイトルみたいだな）

九郎は笑顔が引きつらないよう気をつけながら、

「偉大と呼ばれる魔術師は大勢いますが、新魔法を次々と編み出してるのは先生くらいのもんです。その秘訣はなんなんでしょうか？」

「おまえさん、ワシをおだてたらベラベラしゃべると思っとりゃせんか……？」

（このジイサン、全然チョロくねえな）

猜疑心たっぷりににらまれ、九郎は嘆息した。

「じゃが、まあ教えてやってもよいぞ？」

「え、いんすか⁉」

「ああ、心して聞け」

口だけは優しげなことを言いつつ、ニコライは狷介な老人そのものの、底意地の悪い笑みをニタリと浮かべる。

九郎は嫌な予感を覚えつつ、まずは耳を傾ける。

「才能じゃよ。純然たる才能の結晶。それがワシの発明した魔法じゃ」

ニコライはそう豪語しながら、庭の植え込みを指差した。

「若いの、あそこに何が見える？」

「……ろくに手入れされてない、雑草まみれの植え込みっすか？」

「まあ、普通はそうじゃろうな」

まるで凡人を憐れむような顔つきになるニコライ。

「しかしワシのような〈妖精眼〉の持ち主ならば、草木の精霊が歌っておる姿が見える」

「……ようせいがん？」

ゲームでは出てこなかった設定の話が出てきて、九郎は首を傾げる。

いや、設定考察班のガチ勢なら、ピンと来るのかもしれないが。

果たしてニコライ師は滔々と語った。

「通常は見ることができない力の弱い精霊を、生まれながらの才能で見ることができる者――それが〈妖精眼〉の持ち主じゃ。エルフでも百人に一人しかおらず、ワシら人族なら十万人に一人とも百万人に一人とも言われておる」

（はえー。そりゃまたレアアビリティだな）

ニコライが自慢げにするのもわかる。

「精霊という奴らは元来、好奇心が旺盛でな。こちらが〝見える〟とわかると、話しかけてくることがあるんじゃ」

「ほうほう」

「とはいえ精霊は声など持っておらん。よほど古い霊格でないと、人の言葉も知らん。なのに不思議と意思疎通できるんじゃな」

つまりは一種の精神感応ということか。

「ゆえに対話すること自体は簡単なんじゃが――そこで敢えて、精霊の意思を言語化するように四苦八苦してみると、これが時に新しい呪文になったりするんじゃ。その精霊が持っておる力をワシら魔術師が、言霊を通して具現化できたという原理じゃろうな」

解説されればシンプルな仕組みに、なるほどうなずけた。

無論、言うは易く行うは難しで、たとえ〈妖精眼〉を持っていても発明には時間と労力、何より熱意を要するのだろうが。

「あざっす、勉強になりました」

九郎はぺこりと頭を下げる。

同時にこの偏屈な老人が、なぜ気前よく教えてくれたのかも理解する。

〈妖精眼〉を持たない凡人には絶対に真似できないだろうとタカを括り、嫌味と自慢がてらに講釈を垂れたのだ。

　いい性格してんな！

「おまえさんも、自分オリジナルの魔法を創りたいクチかね？」

「ええ、まあ」

「では参考にならんですまなかったのうフォフォフォ！　まあ、ワシや初代皇帝ガイデス陛下のやり方がコレというだけで、新たな魔法を生み出す術は決して一つではないだろうさ。精進なされ、お若いの」

　再びニコライは底意地悪く笑う。

　マジいい性格してんな！

　しかし九郎は半眼になりつつも、実はそれほど気にしていなかった。

「マジあざっす。参考になりました」

　と、むしろ重ねてお礼を言う余裕まである。

「……なんじゃ？　負け惜しみか？」

「いやいや！　先生が言ったんすよ？　普通は見えない、力の弱い精霊を見ることができるのが〈妖精眼〉だって。じゃあメッチャ強い精霊なら、俺にも見えるってことでしょ？　ついでに大昔からいる奴なら、人の言葉も知ってるんでしょう？　じゃあそういう精霊を探し出せば、俺でもなんか新呪文のヒントをもらえそうじゃないすか」

「そ、それは……理屈はそうじゃがっ。しかし、そんな都合の良い精霊がそうそうおるわけがなかろう！」

「それがいいるんすよ。少ないくとも一体、このい〈帝都〉にい」

「…………っ⁉」

九郎の言葉がよほど衝撃だったのか、ニコライは息を呑んだ。


ゲームというメタ知識ではあるが――

九郎はこの〈帝都〉について、そんじょそこらの者より詳しい自負がある。

何しろ魔法のメッカなのだ。

夢中になって隅々まで探索し、この都で受注できるクエストは全て攻略した。

「〈ガイデス宮殿〉の地下三階の一番奥に、〝炎獄の間〟っていう秘密の儀式場があるんす。そこにいるんすよ、炎の精霊王が」

これもあくまでゲームの話だが、九郎はそこまでたどり着いたし、ＮＰＣであるイフリートにも話しかけた。お土産までもらった。

プレイ中は気にも留めなかったが、なるほどあのイフリートは古い霊格なのだろう。だから人間の言葉を知っており、普通に会話イベントが発生したのだろう。

「まあ、なんであんなところにイフリートがいるか理由までは、俺も知らな――」

「初代皇帝ガイデス陛下との〈契約〉で、炎の王はあの祭壇を守っておるのだ」

九郎の言葉を遮って、ニコライが押し殺した声で言った。

老魔術師の纏う空気が急激に変わっていた。

笑っても怒っても嘲っても、どこか剽げた老人だったのが、今は恐ろしく鋭い眼光で九郎をにらみつけてくる。

どんな凄まじい人生を送れば、これほどの迫力が出せるのか。

著名な魔法発明家というだけではとても説明がつかない。

九郎は気圧されそうになりながら、なんとか話を続ける。

「先生もご存知だったんすね」

「それはこちらの台詞じゃ。確かに陛下はイフリートと誼を結び、また学び、当時は究極魔法であった《ブレイズ・オブ・ブレイジーズ》を発明なされた。と――そこまでは魔法史に詳しい者なら知っておっても不思議ではない。だが、〝炎獄の間〟のことは秘中の秘じゃ。貴様のような若僧が、なぜ知っておる?」

事と次第によっては絶対に見過ごせん――そんな気迫が老魔術師の双眸に漲る。

九郎はゴクリと生唾を飲み下しながら答える。

別に隠す必要もない。

「アロード神族のメルティアさんから聞いたんすよ」

例によってゲームのメタ知識であることは、混乱を招くだけなので方便を使う。

「なんじゃと⁉　メルティア様じゃとぉ⁉」

ニコライは再び目を剝いて驚いた。

「にわかに信じられん！　それこそ貴様のような若僧が、なぜメルティア様と――」

「俺、実はメルティアさんに召喚された、異世界の魔術師なんすよ」

「そうか！　貴様が例の！」

「うっす。道成寺九郎っていいます」

「ドージョージ？　異世界風の名か、なんとも奇抜な響きじゃ」

納得してくれたようで、老魔術師の九郎を見る目から険がとれた。

鬼気迫るようだった雰囲気も、嘘のように霧散していく。

「先生こそ〈帝国圏〉の人なのに、メルティアさんのこと詳しそうすね？」

「ワシはメルティア様に、返しても返しきれん恩義があるんじゃ。まだ若い時分、あのお方には幾度となくお世話になった」

ニコライは瞼を閉じると、反芻するようにしみじみと言った。

それから帽子をとり、九郎に向けて深々と頭を下げた。

「いろいろと意地悪を言うて、すまなんだ。今時の魔術師が結果に逸るのも、ワシの研究を盗みに来るのも本当の話でな。おまえさんのことも偏見の目で見てしもうた」

「いや、わかってくれたらいいっすよー。というか俺もかなり自分都合でもの言ってたんで、誤解されてもしゃーないっす」

「カカッ、ではお互い様ということで水に流そう」

「うっす！」

ニコライの方から右手を差し出してきて、和解の握手をする九郎。

「今の先生の話を聞いて思ったんすけど——俺、メルティアさんに究極魔法創りを急かされてないんだよね。結果に逸るどころか、むしろこの世界を隅々まで探索して楽しめってノリで」

「うむ、そうじゃな。新たな魔法を生み出すためには、それくらいの気構えでおるべきじゃ。好奇心なくして、世の誰も知らぬ発見はできん。さすがメルティア様は、要訣をつかんでいらっしゃる」

ニコライはそこにメルティアの顔を幻視するように、遠くの空をしばし眺めた。

それから、何か意を決した顔つきで帽子をかぶり直すと、

「渡したいものがあるから、しばし待っておれ」

そう言い残して、自宅の中へ入っていった。

九郎はその言葉に従い玄関先で待つ。

が、しかしニコライがなかなか出てこない。

もしや仕舞った場所を忘れたのか、あるいはよほど厳重に仕舞ってあるのか。

（渡したいものってなんだろ？）

待たされて厭くよりも、期待感の方が膨らんで仕方ない。

午前十を報せる遠鐘が聞こえてきたから、三十分近くはそうしていただろうか。

「ほれ。貸してやるから、持ってけ」

ようやく戻ってきたニコライは、やけにデッカい鍵を気楽に押し付けてきた。

それを見て、今度は九郎が仰天する番だった。

「〈炎獄の間の鍵〉じゃ。これで中に入れる」

（なんで先生が持ってんだよ⁉）

ゲームではまず〝ニコラウス四世〟と謁見するのに苦労して、皇帝から受注する一連の高難度クエストを攻略するのに苦労して、ようやくゲットできた代物なのに。

それがリアルではこんなにあっさりと。

「えっ、えっ、いんすか？　こんな貴重なもの……」

「メルティア様に隅々まで探索しろと言われたんじゃろう？　ならば致し方ない。ただし貸すだけじゃからな？　後でちゃんと返せ」

「そりゃ返しますけど……」

狐につままれたような気持ちがなかなか抜けない。

しかし、確かに渡りに船だ。

リアルでもイフリートに会ってみたい。

究極魔法といわずとも、何か新魔法のヒントをもらえるかもしれないし。

「じゃあ今から早速、行ってきていいすか？　それで夜までに返却する感じで」

「うん、ずっと貸しっ放しより、ワシもその方が気が楽じゃな。また必要になったらその都度、貸してやろう」

重ね重ねありがたい。

九郎は〈アイテムボックス〉に鍵を仕舞うと、暇を告げる。

「わかっておろうが、〝炎獄の間〟までは自力でたどり着くんじゃぞ？　城内の警備は厳重じゃし、といって派手に暴れられても困る。ワシ秘伝の『息を止めている間姿を消す魔法』を特別に教えてやろうか？」

「あ、それならいっす。もう習得してるんで」

「は……？」

ポカンと呆けた老魔術師の顔が面白くて、九郎はつい噴き出してしまった。

「その節はお世話になりました。《アローディア》で！」

「？？？」

わざと口に出したお礼に、ニコライはますます困惑頻りとなっていた。

九郎は屈託なく笑いながら辞去すると――〈宮殿〉への道を意気揚々と走った。


「まったく不思議な少年じゃわい……」

九郎の背中がすっかり見えなくなった後も、ニコライはその場に立ち尽くしていた。

「『息を止めている間姿を消す魔法』は防犯の問題上、発表しておらんのだがなあ。いやはや、いったいどこで習得したというのか……」

と、いつまでもブツブツこぼし続ける。

老人の独り言――ではなかった。

『だからこそ、あの者は異世界の魔術師なのだろうさ』

と、どこからともなく声がする。応答がある。

齢七十のニコライを捕まえて、まるで大人が子供を諭すような口調だった。

「メルティア様の肝煎り。そして託された、次の究極魔法を創造する使命、か」

噛みしめるように首肯するニコライ。

メルティアを尊敬する者としても、一人の魔法発明家としても、九郎への羨望を禁じ得ない。

「しかし妙よなあ。メルティア様はなぜあの若者に、〝炎獄の間〟にイフリートがおることを伝えても、一番肝心なことを教えておらんかったのか……」

『大事なことまで何もかも教えるのはよくないさ。体と頭は実はつながっているんだ。己の足で赴き、己の目で確かめることで、初めて思考は最高のパフォーマンスを発揮し、己の頭で考えるという行為の意義が増す』

何より、と不思議な声は付け加える。

『あの少年自身が、一番それをわかっているように見えた。〝求道者〟という印象を覚えたよ。まだ若いのに大したものだ。それとも異世界人というのは皆そうなのかな？』

それは九郎が根っからの〝ゲーマー〟気質だから、とまではアローディアの住人にはさすがにわからない。

「ワシは初対面でそこまで深くは読めんが……まあ、何がしか感じさせる少年ではあったな」

ニコライも一つうなずき、そして九郎と〝炎獄の間〟に想いを馳せる。

なぜイフリートは五百年もの昔から、そこにいるのか。

なぜ帝室は儀式場の存在自体をトップシークレットにしているのか。

そして祭壇に祀られた、重大な真実とは――

「全てを知った時、さぞ驚くじゃろうなあ」

『そして驚愕が去った後、あの少年がどんな反応を示すか、見物だね。おまえもそれが知りたくて、わざわざ鍵を貸したのだろう？』

「相違ない」

ニコライは相槌とともに答える。

それで満足したのか、〝声〟はもう聞こえなくなる。

ニコライもトンガリ帽子の据わりを直し、自宅に戻った。

†

その翌日――

〈帝都〉に戻ったキャロシアナは、駐在大使らを供に〈宮殿〉へと馬車で向かう。

本日は見合いではなく、皇帝ニコラウス四世との昼食会の予定だった。

「ごく私的な」という名目だが、異なる国の王女と皇帝が会食するのに、もちろん公的側面が存在しないわけがない。この場で問題のある発言や行動をすれば、責任を問われて外交に響く――そんな緊張感あふれるランチである。

行きの道中、馬車に同乗する大使とその奥方を交え、皇帝相手の想定問答を確認する。

（まったく政治という奴は地味でつまらんなあ。同じヒリつくような緊張感なら、冒険でこそ味わいたいものだ）

〝おてんば姫〟はそうは思っても、大使の前では顔に出さなかった。

〈ガイデス宮殿〉に到着すると、女官の先導で昼食会場へ向かう。

城内に無数にあるだろう食堂のうち、比較的小ぢんまりとした一つへ案内される。

「よく来てくれた、キャロシアナ姫」

「お招きに預かり光栄です、ニコラウス陛下」

「他人行儀だな、もう義父上と呼んでくれてよいのだぞ？」

「それはいずれの楽しみにとっておきましょう」

さも親しげに微笑んでみせる皇帝と、儀礼的な抱擁を交わす。

十人掛けのテーブルに同席するのは、あちらは皇帝と外務大臣の夫妻の三人だけ。

普通、この手の場では皇帝も妃を伴うものだが、少し事情がある。

キャロシアナの見合い相手である第四皇子は、妾腹だった。

外交の場に妾妃を同席させるわけにはいかないので、この場には伴っていない。

しかし正妃は第四皇子の実母ではないので――皇子本人がいないとはいえ――キャロシアナの相手をさせるのは互いに気まずい。

ただしこれが正式な昼餐会ならば、どのような事情であろうとも正妃が同席する。

そこを敢えて伴わないことで、皇帝はこれが「私的な会食」であることを強調するという、宮廷的コミュニケーションなのである。

（本当に迂遠で迂遠で仕方ない！）

とキャロシアナが大ッ嫌いなお作法だ。

対してこちらから同席するのは、キャロシアナと駐在大使夫妻の三人のみ。

本日は双方合わせてこの六人での会食となる。

後は〈ヴェロキア〉側が護衛の騎士を、〈帝国〉側が魔術師たちを後方にずらずらと並べているのが、両国の未だ良好ではない関係性を物語っている。

無論、彼らは壁際に待機したまま、ものも食べないし咳一つ立てない。有事にならない限り空気に徹するのが職務だ。

「ところでキャロシアナ姫。今日はご友人は一緒ではないのかね？」

給仕たちが水と葡萄酒を注ぎ終わるのを待つ間、皇帝がそんなことを訊ねてきた。

「はい、陛下。友人……と仰いますと？」

「もちろん異世界の魔術師、クロウ殿のことだよ」

「ああ！　彼ならメルティア様に何か重大な相談があるとのことで、帰国しております」

乾杯の準備が整い、キャロシアナは銀製の杯を片手に答えた。

皇帝の音頭で六人で乾杯し、昼食会が始まる。

「ほう……。それはどんな案件か気になるところだな」

「まだ教えられないとのことで、私も聞いておりません」

キャロシアナは残念そうに肩を竦める。

そして、皿の出し下げのために退室する給仕へ、皇帝がさりげなく目配せしているところを見逃さなかった。


その後はごく当たり前の、食事と談笑が続いた。

皇帝は本当に政治の話を一切してこず、また見合いにまつわる話題も出さなかった。

おかげで想定問答集が無駄になった。

正直、ムカついた。

しかし出てくる料理はべらぼうに美味いので、しっかり味わうことで留飲を下げる。

そして五皿目の、雉の胸肉のローストが下げられた時のことだ。

「――ご歓談中のところ、失礼いたします」

齢五十ほどの男が、恭しい態度で食堂へやってきた。

その顔と彼が持つ〈世界樹の杖〉を見て、護衛の騎士たちの間に緊張が走る。キャロシアナは背中で感じる。

現れたのは魔道院長官、〝尊師ラカニト〟であった。

「どうした、ラカニト？　急ぎの用か？」

「はい、陛下。キャロシアナ殿下とご一緒に、ぜひご覧になっていただきたいものが」

「というと、例のアレか？」

「はい。こたびキャロシアナ殿下とのご婚礼を進める発端となった、例のものでございます」

皇帝と魔道院長官が、全く白々しさを感じさせないやりとりを交わす。

「おや、なんでしょうか？　私もぜひ拝見してみたいですね。興味があります」

キャロシアナも好奇心で瞳を輝かせる少女のような顔をして、そうねだる。

「うむ、姫も乗り気であるならば良い機会だ。案内いたそう」

「では殿下、恐縮ですが中座していただいてこちらへ……。大使閣下ご夫妻とお付きの騎士の皆様方もぜひご一緒に」

「皆、そうさせていただこう」

キャロシアナが席を立ち、大使夫妻と騎士たちが続く。

先を行くラカニトと皇帝も魔術師たちを引き連れているので、けっこうな行列となった。

「なんだか妙なことになって参りましたな……」

大使が不安そうに耳打ちしてくる。

皇帝の特別のお誘いをありがたがり、楽観するような態度とは真逆。

実際、よほどの緊急事態でもなければ、会食を中断など宮廷作法的にあり得ない話だ。

だからこそ今がその「よほど」――何か異常な事態に巻き込まれつつあるのではないかと、直感的に懸念しているのだろう。

外交官として、なかなか優れた危機察知能力を持っている。

そんな大使の気がかりをよそに、皇帝とラカニトは先へ先へと進んでいく。

廊下を幾度も曲がり、やがて地下への階段へ。

降りた後も廊下を曲がり角から曲がり角へ。さらに地下二階へ。

「いったいどこまで行くのかしら……」

大使の奥方が、もう堪えきれない様子で不安を漏らした。

実際、迷路の中を歩かされているかのような気分だし、方向感覚はとっくに失われている。

正確にわかっているのは階数だけ。そして、とうとう地下三階へ。

廊下には〈帝国〉らしく魔法の照明が点々と設置されており、蠟燭(ろうそく)やランプを頼りに暮らす〈神聖王国圏〉の住宅内よりよほどに明るいのだが、それでも地面の下深くへもぐっているという事実が、気分を重く落ち着かなくさせる。

「——ここだ。我らは〝炎獄の間〟と呼んでおる」

「ずいぶんと歩かせてしまい、申し訳ありませんな」

皇帝とラカニトがようやく到着を告げた時も、安堵(あんど)する者は一人もいなかった。

地下深くのさらに奥。廊下の突き当たり。

大きな両開きの扉の前に、一行は立っている。

ラカニトが丁重な手つきで鍵を開け、〈帝国〉の騎士たちが重い音を立てて左右へ押し開く。

中は仄暗かった。

光源は一つきり。広間の真ん中に祭壇らしきものが見え、その上で炎が盛んに燃えている。

皇帝とラカニトたちが恐れげなく足を踏み入れ、キャロシアナたちが強張った面持ちで続く。

特に大使夫妻はおっかなびっくりという形容がぴったりだ。

〈帝国〉二大巨頭を先頭に、皆で祭壇の傍まで行く。

おかげでその様子が観察できた。

特に猛火の中に垣間見える、小さな影に皆の視線は釘付けとなった。

「なっ、なんだあれは⁉」

「炎の中に人の手が！」

あまりに不気味な光景に、大使夫妻が悲鳴を上げた。

「人の手などであるものか！」

キャロシアナは鋭い声で否定した。

人間の腕なら炎の中に放られて、燃え尽きもせず原型を保っているはずがない。

「そう、その通りだ――」

皇帝がキャロシアナらを振り返り、笑う。

いつもの気さくさを装う処世術ではない、口角が裂けて吊り上がるような邪悪な笑みだ。

　祭壇を背に、ニコラウスはまるで演説の如く語り出す。

「開祖ガイデスは五百年前、仲間たちとともに魔王と戦った。それはまさに死闘という他ない、苦戦の連続だったと伝えられている。しかし仲間の一人がその命と引き換えに、ついに魔王の右腕を斬り飛ばすことに成功した。その無敵性が自慢だった魔王は動揺し、ガイデスはその隙を見逃さず、炎の究極魔法を以って世界を救った。魔王の肉体は滅び、残ったのは右腕のみ。それをガイデスが持ち帰ったのが――今諸君らの目の前にあるものだ」

「ま、ま、魔王の右腕！」

　誰かが堪らず絶叫した。

　命令あるまで空気に徹しなければならないはずの、護衛の騎士の一人だった。

　あまりの衝撃の事態に、厳しく訓練されている職業軍人でさえ叫ばずにいられなかったのだ。

　キャロシアナ一人が臆することなく、

「これは珍しいものを見せていただいた。かつての人類の勝利の証、歴史的な記念物だ」

　と皇帝に嫌味を吐く。

「で？　陛下がそれを我々に見せてくださった理由は？　まさか子供のように自慢したかったわけではありますまい？」

　皇帝ニコラウスは、その質問を待っていたとばかりに演説を続ける。

「開祖ガイデスは魔王の右腕という危険物を保管するため、一手間をかけねばならなかった。

究極魔法の根源でもあったイフリートを使役し、炎の王の力で封じ込めたのだ」

それが祭壇の上で激しく躍る炎であり、五百年絶えずに燃え続ける神秘の正体は、〈契約〉に縛られたイフリート自身であったのだ。

「開祖ガイデスは、なぜそうまでして魔王の右腕を持ち帰ったのか？　無論、右腕に宿されたままの魔王の莫大な魔力が、いつか〈帝国〉の〝力〟になると信じていたのだ。いつか誰かが利用する方法を見い出すことを祈り、後の世の皇帝に託したのだ」

しかしその遠大な構想は長きに亘り、実を結んでいなかった――ニコラウス四世は無念げにかぶりを振る。

「開祖ガイデスは、不世出の魔術師であった。どれだけ〈帝国圏〉の魔法技術が進歩しようと、ガイデスにできないことは誰にもできなかった。魔王の力を利用するどころか、そもそも彼がかけたイフリートの封印を解くことすらできぬ有様だった」

開祖の偉大さに対し、末裔たる帝室と自国の不甲斐なさを、恥じるように震える現皇帝。

ところが一転、法悦の表情を浮かべると、

「だが今日この日――〈帝国〉はついに魔王の〝力〟を手中とするのだ！」

声高らかに宣言した。

それは果たして本物の確信か、誇大妄想か。

キャロシアナを守る騎士たちや大使夫妻の間に動揺が走る。

「全てはラカニト、貴様の研究の賜物だ」

「もったいなきお言葉にございます」

皇帝の演説を静かに拝聴していた魔道院長官が、恭しく腰を折る。

そして背筋を正すと、皇帝の言葉を引き継ぐように、また教師のように講義を始める。

「魔王の力を我が物とするための手段は一つ――例えばアロード神族のような、強大且つ神秘的な種族の生き血を直接、右腕に捧げればよいのだ」

ラカニトに気味の悪い眼差しでひたと見据えられ、キャロシアナはゾッと肌が粟立つほどの悪寒を覚えた。

一方、若手の騎士の一人がせせら笑う。

「言うは易しの典型だな！　〈ハイラディア大神殿〉におわす神族の方々を、どうやってここまで引っ張り出すつもりだ？」

その言説を聞いて、味方のはずの大使や他の騎士たちが手で顔を覆う。

「不勉強だな、君は」

とラカニトも嘲笑を返す。

「〈ヴェロキア〉はアロード神族より王権を神授されて建った国だ。そして初代国王は、人族と神族の間に生まれた奇跡の子だ。ゆえにそこなキャロシアナ姫には、薄まれりといえど神族の血が流れているのだよ」

ラカニトの講義の通りだった。

キャロシアナの背が高いのも、恐らくこれが理由。父をはじめ、直系王族は皆そうなのだ。

巨人族でもあるアロード神族の血を引く、証左の一つかもしれない。

ともあれキャロシアナは、皇帝とラカニトを指差して批難した。

「白状したな！　やはり見合いはただの口実だったと！」

「そう、その通りだ」

「陛下が欲しておられるのは、姫殿下の生き血のみです」

皇帝とラカニトは悪びれもせず肯定する。

「そして異世界の魔術師が不在だというこの好機、見過ごす手はない」

「あなた方にはここで魔王への生け贄になってもらいましょう」

そのラカニトの言葉を合図に、周囲にいた魔術師たちが一斉に杖や指輪など、思い思いの〈魔法媒体〉を構える。

全員、魔道院のエリートたちだろう。漂わせる風格が違った。

対してキャロシアナの騎士たちも即応する。

「姫をお守りいたせ！」

「たとえクロウ殿がおらずとも、日頃鍛えしこの肉体こそ最強の盾だと証明するのだ！」

「臆するなッ」

抜剣と同時に、全員がキャロシアナの前に出て人垣を作る。

魔法攻撃から姫を守るため、我が身を盾にせんとする決死の覚悟。

その意気はまさに彼らの忠義と矜持を示すものであったが——空回りに終わった。


『カ・カル・タ・カン！　イフリート王の炎よ！』


と。

少年の歯切れの良い詠唱が聞こえたかと思うと、キャロシアナらと皇帝らの間を分断するかのように、炎の壁が石の床から噴き上がったからだ。

「こっ、これはまさか《ブレイズ・オブ・ブレイジーズ》か⁉」

「何奴だ！」

「どこにいる！」

出所不明の魔法によって横槍を入れられ、騎士たちが、魔術師たちが、敵味方なく狼狽する。

落ち着いていられるのは、キャロシアナくらいのものだった。

「ここだよ！」

と再び少年の声。

それで皇帝たちは一斉に背後を振り返り、キャロシアナたちは一様に広間の奥を見る。

炎の明かりも届かない祭壇の遥(はる)か向こうから、覆っていた闇(やみ)の中から——

その少年が姿を表した。

無論、九郎だ。

異世界の魔術師だ。

魔法の最先端たるこの〈帝都〉といえど、極大魔法の使い手など彼以外に一人としていないのだから！

第七章　九郎、ゲーマー魂を奮わす

「あんたらの企みはこの耳でしかと聞いたし、姫様への手出しはこの俺がさせないぜ」

祭壇の向こう側にいる皇帝たちに向かい、九郎は啖呵を切った。

「貴様……メルティアに会いに、帰国していたのではなかったのか……？」

「それはあんたらを油断させる嘘さ！」

喘ぐように訊ねた皇帝へ、九郎は大人げなく得意絶頂で答えてやる。


そう――

九郎は確かにキャロシアナたちと別行動をとっていたが、〈ハイラディア大神殿〉へ赴いたのではなく、ニコライから借りた鍵を使い、先に〝炎獄の間〟に来て待ち構えていたのだ。

九郎がいないと聞けば、皇帝たちがアクションを起こすだろうと踏んで。

キャロシアナにだけは真相を全て話し、二人で皇帝らを謀ったわけである。

「そして実際、あんたらは引っ掛かったってわーけ。悲願だかなんだか知らないけどさ、結果

「バカな、それは辻褄が合わぬ！　余とラカニトが秘密裏に進めてきた計画を、どうして貴様が事前に知り得たというのだ⁉」

「イ、イ、イ、イフリートさんが教えてくれたんだよ。秘密裏にっていうけど、あんたらこの広場で何度も相談してたらしいじゃん」

九郎が答えるが早いか、祭壇の炎が意思を持つように規則的に躍り、存在を主張した。


そう――

昨日のことだ。ニコライから鍵を借りて、ドキドキしながらリアルの〝炎獄の間〟を訪れた九郎を、歓迎してくれたのがこの炎の精霊王だった。

『異世界の魔術師よ、我の話を聞いて欲しい』

と、〝海竜王サンドリオ〟同様に魂の色で九郎を見分け、彼の方から話しかけてくれたのだ。

皇帝とラカニトの企みを教えてくれると同時に、阻止して欲しいと依頼されたのだ。

「イフリート……貴様、口が利けたのか⁉　今まで一度もそんな素振りはなかったのに！」

『我が友ガイデスの遺志を忘れ、野心に目が曇ったそなたら末裔どもと言葉を交わすなどと、我の誇りが許さなかっただけだ』

驚愕する皇帝に、イフリートが声なき声で答えた。

ニコライから聞いた通りの、頭の中に直接響くような意思疎通手段だ。テレパシーだ。

また炎の王のイメージからは程遠い落ち着いた口調のギャップが、あまりにカッコよすぎて九郎はシビれる。

「余らが開祖の遺志を忘れただと？　いったいなんの話だ！」

皇帝が自尊心を傷つけられたかのように憤慨した。

イフリートは幼児に向けて噛んで含めるような物言いで答えた。

『魔王が滅びる都度、耐性をつけるのは周知の通り。ガイデスは先々代の魔王の本体を滅ぼすことに成功したが、残った右腕にはもう耐性がついており、我が伝えた炎の究極魔法では既に滅却することが敵わなかった。ゆえにガイデスは魔王の右腕を持ち帰り、この地に封ずることにしたのだ。我も友の想いに応え、我が身を封印とする〈契約〉を結んだのだ」

「話が違う！」

現皇帝が金切り声になって反論する。

「開祖ガイデスは魔王の〝力〟を、〈帝国〉のものとすることを望んでいたのだ！」

「それは貴様ら末裔が、己の野心を肯定したい一心で捻じ曲げた、虚偽の言い伝えにすぎぬ。ガイデスはひどく自己顕示欲の強い男だった。極度の見栄っ張りだった。しかしだからこそ、我が友は他者に後ろ指を指されるような真似は絶対にしなかった。巨悪と戦い、見事に討った。

そして、誰からも讃えられる正真の英雄となった』

「…………！」

イフリートが語る歴史の真実の重みに、ニコラウス四世は声を失う。

『理解したなら下らぬ野心は捨て、兵を引け』

「黙れ！　今さら諦められるものか！」

『そうか。そうであろうな。やはり語るだけ無駄であったな』

最初から口を利かなかったイフリートの方が正しかったと、皇帝自ら証明してしまった。

「もうよい、殺せ！　皆殺しにしてしまえ！　姫だけ生かして余の元に連れてこよ！」

「「「御意」」」

逆上した皇帝がわめき散らし、ラカニト以下魔道院のエリートたちが再び臨戦態勢をとる。

ド正論を突きつけられ見境をなくした人間とは、これほどまでに見苦しいものか。

もはや皇帝の威厳などどこにもなく、わかりやすいほどの悪役ムーブに九郎は呆れ返る。

対してキャロシアナたちはさすがの一言だった。

「一人も殺すな！　生かして捕らえよ！」

と姫殿下が号令すれば、

「殺すな！　これは高度な政治的駆け引きである！」

「姫殿下の仰せに従え！」

と騎士たちも即座に理解する。

殺害も厭わない相手に――しかも魔術師相手に――騎士たちは生け捕り狙いで戦わないといけないとは、至難の業であろう。

それこそ死を覚悟せねばならない命令であろう。

なのに誰一人、不平を垂れない。キャロシアナに反駁もしない。

（これが本物の騎士道精神ってやつか……！）

プロフェッショナルの持つ凄味に、九郎は心奮えた。

（だったら俺だって……！）

と心燃やした。

〈結界の短杖〉を構え、静かに呪文を詠唱する。

『蜷局を巻け、暴風の大蛇――』

祭壇の向こうにいる魔術師たちへ、高位風魔法《サイクロン》を撃ち放つ。

『大いなるかな、鋼鉄の弓矢――』

『カカカ、キャキャカヤ、アビランカン――』

『果断なる意志よ！』

魔道院のエリートたちもまた、九郎へと向けて思い思いの攻撃魔法を放ってきた。

しかし九郎の《サイクロン》は、それらをまとめてねじ伏せる。

相手の呪文の聞き取りも、属性合わせも関係ない。

〈相殺〉もさせず、一方的に〈打ち消し〉する。

九郎と魔道院のエリートたちでは、魔力の地力の桁が違った。

彼らが合力した分よりも、なお九郎が勝った。

しかも、これは別に九郎の全力ではない。

「ぬおおおおおおお!?」

「バカな、こちらは何人がかりだと……」

「あ……あああ……っ」

九郎の風の高位魔法を浴びた魔術師たちが、バタバタと倒れていく。

しかし誰一人、息絶えてはいない。

九郎が《サイクロン》に込める魔力量を精妙に調整して、手加減をしたからだ。

(〈吸血城〉でクマ相手に、カリンさんのパワーレベリングした経験がここで生きるとはな)

キャロシアナ一人でとどめを刺させるために、〈ヴァンプリック・グリズリー〉をギリギリのところで殺さない威力調整術を九郎は磨いたのだが、思わぬところで功を奏した。

(この調子でドンドン行こうか!)

九郎はまた魔力の多寡を見極めながら、新たな呪文を詠唱する——

「ハハハ！　全く常識などでは測れないな、クロウ殿は！」

騎士たちの後方で、キャロシアナは呵々大笑した。

半ばは臣下の士気高揚を意識したポーズである。

だがもう半ばは全き本音。

魔道院のエリートたちが束になっても敵わない、しかも生かさず殺さず昏倒させるという離れ業まで難なくやってみせる、九郎の規格外さには何度でも驚かされる。

そして九郎の参戦により、騎士たちはすっかり助けられていた。

今――皇帝一行の後について〝炎獄の間〟に入ったキャロシアナたちと、先に広間の奥で待ち構えていた九郎とで、ちょうど挟撃体勢を作ることができている。

おかげで魔道院のエリートたちは、前後の脅威のどちらに対応すべきか判断に窮し、明らかに全力を出せないでいる。

しかも判断したらしたで各自がてんでバラバラのため、組織立った戦い方ができないでいる。

なるほど彼らは、優れた魔術師なのだろう。

レベルの高い魔法を会得しているのだろう。

しかし騎士のような職業軍人――戦闘のプロフェッショナルではないようだった。

そこに臣下たちは付け入る隙を見い出していた。

(皆、しぶとく生きて帰れよ！)

キャロシアナ自身〈烈風剣〉を抜き、その能力で風を起こし、流れてきた敵の上位火炎魔法を吹き飛ばす。

腰を抜かして震える大使夫妻を守り通す――

「なんという体たらくだ貴様ら！　それでも魔道院のエリートかっ！」

皇帝ニコラウスがヒステリックにわめき散らす。

かと思えば魔道院長官に向かって泣きすがる。

「頼む、頼む、ラカニトぉ……。人族最高の魔術師と謳われた、貴様が頼みの綱だぁ……」

追い詰められ、極めて情緒が不安定になっていた。

そんな危うい状態の皇帝を、ラカニトは内心冷ややかに見下しつつも、

(しかし実際、このままではあの異世界の魔術師一人にやられる)

祭壇の向こう側で威風堂々と呪文を詠唱する少年に、どう対処すべきか思案する。

ラカニト――正確には魔道院長官になりすました、〈ドッペルゲンガー・ロード〉キラゴ＝ラゴは、決断を迫られていた。

すなわちラカニト本人ではないと、露見する危険性を顧みず本気を出すか、否か。

（……ここで私以外が全滅させられても、計画失敗には変わらんか）

選択は速やかだった。

ラカニトを模倣（コピー）した口と声を使い、朗々と呪文を詠唱する。

『そは劈（つんざ）くもの。ヴァナメイヤ。神鳴る矢にして青く閃（ひらめ）く天の裁き……』

彼のその呪文を聞いて、周囲にいる高弟たちが皆「え……?」と驚いて振り返る。

キラゴ＝ラゴはその反応を無視して、《ブルーライトニング》を九郎へと撃ち放つ。

「おおおおっ……」

「極大魔法を会得しておられたのですね、尊師!!」

「まったくいつの間に！」

「だがそれでこそ我らが尊師だっ」

キラゴ＝ラゴの右の掌（てのひら）から迸（ほとばし）った青い閃光（せんこう）を見て、直弟子（じきでし）たちが沸きに沸いた。

魔法は俗に、雑に、「下位」「中位」「上位」「高位」「極大」と五つに区分される。

本物の〝尊師ラカニト〟は、高位魔法を一つか二つ習得するのが関の山だった。

魔法適正種ではない人族なのだ、それでも現代最高峰。種の頂点。

しかし魔族の王侯種であるキラゴ＝ラゴは、極大魔法さえ使いこなす。

本気で戦うならば、使わない理由がない！

（私が極大魔法を隠し持っていた不自然さよりも、尊師への敬意が勝ったか）

キラゴ＝ラゴを振り返る高弟たちの顔には、「師であれば当然のこと」と書いてある。

露見を恐れたのは杞憂（きゆう）だった。

それは重畳（ちょうじょう）。

だが一方でキラゴ＝ラゴが放った《ブルーライトニング》は、九郎が寸前に完成させていた《ファイヤーストーム》により大きく威力を削（そ）がれ、さらに〈結界の短杖（ワンド・オブ・フォースフィールド）〉による防御力場で完全に阻（はば）まれてしまった。

（手強（てごわ）いな……。吸血鬼の女王（アルシメイア）を討ったというだけはある）

キラゴ＝ラゴはさらに決断を迫られた。

そしてまたすぐに選択した。

「おまえも本気を出せ」

と、すぐ隣に立つ魔術師に小声で命じる。

「わかったわ。任せなさいな」

と、少女のような声音（こわね）で返事がある。

目深（まぶか）にかぶったフードで正体を隠し、直弟子の一人のようなふりをしているが、その正体は〝半人半妖（はんよう）の吸血姫リリサ〟であった。

『咆(ほ)えよ、闇雷(あんらい)。孤高とともに』

高位魔法に分類される、《ダークライトニング》の呪文を唱えるリリサ。

他(ほか)の直弟子たちは魔道院のエリートだなどと持て囃(はや)されても、上位魔法までしか使うことはできないから、キラゴ＝ラゴたちの正体が露見する可能性がますます高まる。

だが背に腹は代えられない。

『銀風絢爛(けんらん)、嵐を具して疾く参れ(アンルフォン・デア・ヴィンデ)』

異世界の魔術師に打ち勝つため、キラゴ＝ラゴも再び極大魔法の詠唱に入る——

(正体現したね！)

九郎は胸中で快哉(かいさい)を叫ぶ。

ラカニトとすぐ隣にいる魔術師が、追い詰められてか急に極大魔法や高位魔法を使い始めたのを見て、大胆不敵に微笑(ほほえ)む。

そう——

ラカニトの正体が〈ドッペルゲンガー・ロード〉であることを、九郎は既に知っていた。

リリサと協力関係にあることも、同様に知っていた。

これも昨日、イフリートが警告してくれたからだ。

物言わぬ炎の王の前で、キラゴ＝ラゴが本性を見せてしまったからだ。

（あいつらには遠慮は要らねえ！）

九郎は左手の短杖ではなく、右手の指輪を〈媒体〉に極大魔法の呪文を唱える。

狙いはラカニト（キラゴ＝ラゴ）と、隣にいる小柄な魔術師。

相手がなりふり構わなくなったことで、後者がリリサだと特定できたのが大きい。

こちらもようやく本気が出せる。

『カ・カル・タ・カン！　イフリート王の炎よ！』

唱えたるは再びの《ブレイズ・オブ・ブリージーズ》。

キラゴ＝ラゴの風の極大魔法と、リリサの雷の高位魔法――その二つとは属性が異なる炎の極大魔法を用いる。

アローディア世界の魔法は属性を合わせることで、実力が違う術者同士でも〈相殺〉し易くなるという性質がある。

だから敢えて属性を外すことで、実力通りにねじ伏せることができる。

これもまた相手の呪文を聞き取って対応する、「カルタ」と呼ばれる技術の一環だ。

（行っけえええええええええええ！）

九郎は伸ばした右手から、火炎魔法をぶっ放す。

地獄の業火を現世に顕現したかのような爆炎は、キラゴ＝ラゴとリリサの魔法を迎え撃ち、まとめて舐め尽くすように焼き払い、まだ喰らい足らぬとばかりに二人の魔族へ襲い掛かった。

「ぐおおおおおおおおっ」

「キャアアアアアアアッ」

キラゴ＝ラゴとリリサが悲鳴を上げる。

生命力でも尋常じゃない魔族たちだ。これ一発で昏倒というほど可愛げのある連中じゃない。

しかし全身あちこちが焼け爛れ、苦痛でその場に片膝つく。

その後、種族の異なる二人の肉体は、異なる反応を見せることとなった。

ヴァンパイアであるリリサの皮膚は、すぐに再生を始めた。

ドッペルゲンガーであるキラゴ＝ラゴは、焼け爛れた皮膚を元通りに治すためには、人族に化けたままではいられなかった。

全身つるんとして凹凸のない、変身種族の正体をさらけ出さずにいられなかった。

「尊師⁉」

「そ、そのお姿は……まさか……」

「ドッペルゲンガー‼」

頼れる味方だと信じていた〈帝国〉の連中こそ、ショックが大きかったようだ。

「ラカニト……貴様……。いつから……」

皇帝ニコラウスなどもう放心して、その場にへたり込む。

ラカニトの直弟子である魔道院のエリートたちも、戦意喪失したのが見てとれる。

「おのれ！　異世界の魔術師め！」

まだ気を吐いていたのは、正体を明かしたキラゴ＝ラゴ一人。

片膝ついて苦悶しながらも、震える手を隣でうずくまるリリサへ伸ばす。

「手を貸せ、リリサ！　切り札を使う！」

「わ、わかったわっ。まだ何かあるのねっ」

リリサもうずくまったまま、キラゴ＝ラゴへ右手を伸ばす。

刹那――その腕が、ゴロン、と斬り落とされた。

「イヤアアアアアアアアアッ」

絶叫したリリサが、堪らず右腕の切断面を左手で押さえる。

「裏切ったわね、キラゴ＝ラゴ！」

血色の目を怒りと恨(うら)みで染め上げながら、ドッペルゲンガーの貌(かお)なき顔をにらみつける。

「早まるな、計画通りだ！」

キラゴ＝ラゴは悪びれもせず怒鳴り返した。

「キャロシアナ姫のことは諦めた。おまえという保険を傍に置いて正解だった！」

床に転がるリリサの右腕をすぐさまひろい、祭壇の炎の中へと投げ入れた。

「アロード神族には及ばずとも、吸血女王(アルシメイア)の血筋も充分に強大且(か)つ神秘的であろうよ！」

切断面から滴(したた)ったリリサの血を、魔王の右腕に吸わせることに成功した――

『してやられたな……』

イフリートは苦々しく呟(つぶや)いた。

もし人間のような肉体を持っていたら、きっと舌打ちしていたであろう。

友ガイデスとの〈契約〉で生ける封印となった彼は、魔王の右腕の力を抑え込むことだけに全身全霊を傾ける存在となっていた。

ゆえに九郎たちの戦いにも助太刀(すけだち)できず、戦況を見守ることしかできなかった。

『だが……それももう……――』

炎でできた全身を使って、裡(うち)に取り込んでいた魔王の右腕が、活性化を始めていた。

リリサの血を吸い、秘めた魔力がさらに膨れ上がり、胎動めいた波動を放ち始めた。

『――抑え……きれない……っ』

体の裡から発生した強大な魔力により、イフリートの意識は炎の体ごと吹き飛んだ――

「来るな！　来ないでよ！」

リリサはうずくまったまま、わめき散らした。

断たれた右腕の痛みもさることながら、恐怖で頭がおかしくなりそうだった。

祭壇の炎が消し飛んだかと思えば、中に封印されていた魔王の右腕が動き出したのだ。

五つの指を使って、まるで蜘蛛のように這い歩くそれ。

キラゴ＝ラゴがリリサの右腕を投げた拍子に、石の床に撒き散った鮮血を、舐めとるようにたどっていく。

その先にいる――リリサの方へと這い寄ってくる！

「来るなあああああああああっ」

懇願虚しく、魔王の右腕はリリサに襲い掛かってきた。

リリサの右腕の切断面から溢れ続ける鮮血を浴び、その根元へ大好物のように飛びついた。

そしてそのまま、まるで最初からその形であったかのように、リリサの右腕と魔王の右腕がネチャリと融合した。

「やめてえええええええっ！」

リリサは体の自由を奪われていった――

†

「やめてえええええええええっ！」

リリサの哀願が〝炎獄の間〟に木霊する。

その憐れな響きを、九郎は愕然となって聞いた。

いや、九郎一人ではない。

キャロシアナが、護衛の騎士たちが、皇帝ニコラウスが、魔道院のエリートたちが、皆一様に呆然となってその悍ましい光景を目の当たりにした。

リリサの右腕の先に接合した魔王の手は、さらに変貌を果たしていた。

異形化といってもいい。

右腕の肘から先があり得ないほどに伸びていた。

掌はリリサ本体の何倍もの体積に膨れ上がり、別の生き物の如く宿主にのしかかる。

さらには五本の指もみるみる伸びていき、それぞれが鎌首をもたげた大蛇の姿をとる。目はなく、口だけが極端に大きく長く裂けた、突然変異種の如き蛇だ。

「素晴らしい！　これが先々代魔王陛下のお力か！」

凍り付いた空気の中で、キラゴ＝ラゴだけが歓喜で哄笑する。

「右腕一本でこの魔力！　威風辺りを払うとはこのこと、なんと雄大魁偉なお姿であらせられようか！」

「キラゴ＝ラゴ……あんたねえ……っ！」

「そんな恨めしげな目で見るなよ、リリサ。魔王陛下と一体となったのだ。光栄に想い、私に感謝こそすれ、恨むなどお門違いではないか？」

「黙りなさいよ!!」

リリサが怒りで絶叫した。

すると彼女を上から押し潰していた魔王の手が、呼応するように五つの首を一斉に動かした。

キラゴ＝ラゴの頭と四肢にそれぞれ噛みつき――バラバラに食いちぎったのだ。

憐れ〈ドッペルゲンガー・ロード〉は、断末魔の叫びを上げる暇もなく絶命した。

まさに絵に描いたような因果応報。自業自得。

九郎はもうその結末には頓着をせず、リリサに向かって叫ぶ。

「その手、あんたの自由になるのか⁉」

「やってるけどムリィ！　ほとんど言うこと聞いてくれない！」

リリサにとっては九郎も仇敵（きゅうてき）だろうに、状況が状況だけにか、案外素直に答えてくれた。

だがその間にも魔王の手は、五本の鎌首をもたげて次の獲物を見定める。

すぐ周囲にいた、魔道院のエリートたちに襲い掛かる。

「に、逃げろ……！」

「今すぐ撤退だ！」

「ギエエエエエエエエエエッ」

矢も楯（たて）もたまらず逃げ出す魔術師たち。

残った最後の理性で、呆然自失の皇帝だけは担（かつ）いでいく。

噛みつかれ、生き血を吸われる五人を犠牲に、全力で走る。

「カリンさんたちも逃げて！　ここは俺に任せて！」

九郎もキャロシアナたちに向かって叫ぶ。

本当に己一人で太刀（たち）打ちできるか否かは、今問題ではない。

カッコつけと言われても、キャロシアナたちが命を落とすよりは億倍マシ。

九郎の指示を受けた、騎士らの反応は迅速（じんそく）だった。姫殿下と大使夫妻を担ぎ上げ、躊躇（ちゅうちょ）なく撤退していく。

キャロシアナも感情で自分を見失うような女ではなく、残っても足手まといになると理解し、逆らわない。

「クロウ殿も敵わぬと思ったら、機を見て逃げよ！　約束だぞ！」

去り際（ぎわ）、かけてくれたその一言が、ひたすらうれしい。

発奮させられる。

「さあて勝負だ、先々代の魔王さんよ！」

右手に指輪、左手に短杖を構えて啖呵を切る。

攻撃的に使える〈魔法媒体〉と防御的な〈媒体〉、二つあることが頼もしい。

「リリサ！　右手の先の感覚はあるのか⁉」

「ほ、ほとんどないわ！　麻痺（まひ）してる感じ！」

「じゃあ、そいつだけ攻撃しても痛くないな。あんたにはなるべく当てないようにするから、じっとしててくれよ！」

「わ、わかったわ、お願いっ」

巨大化した自分の右腕の先に押し潰された格好のリリサが、素直にその場に顔を伏せる。

『そは劈くもの！　青く閃く天の裁き！』

九郎は呪文を唱え、自然界にあり得ざる蒼電（そうでん）を右手の指輪から撃ち放つ。

息絶えた魔術師たちをなお貪（むさぼ）るのに忙しい、魔王の右腕の手の甲の部分に直撃させる。

《ブルーライトニング》を選択した理由は、二つあった。

まず、極大魔法の中でも効果範囲が収束しているので、リリサへの被害が一番ないこと。

そして、ゲームでの習得レベルを考慮した。

（英雄ガイデスは《ブレイズ・オブ・ブリージーズ》を編み出して、先々代の魔王を討った）

昨日、〝魔法発明家〟ニコライからそう聞いた。

つい先ほどのイフリートの言通り、魔王の右腕はこの極大火炎魔法に対する耐性を既に獲得していたから――もう効かないとはいえ――一度は滅ぼすことができた、それだけの威力を有していたということだ。

ならばレベル九十一で習得できる《ブレイズ・オブ・ブリージーズ》よりも、難度も威力も高いはずの（習得レベル九十三の）《ブルーライトニング》ならば、効くのではないか？

そう仮説を立てて、試してみたのだ。


（さあ、どうよ⁉）

蒼電を浴びて苦しみ悶(もだ)える魔王の手を、つぶさに観察する。

損傷は与えているように見えた。しかし極めて軽微だ。

（効いてんのか効いてないのか、判断に困るな）

ギリッと歯軋(はぎし)りする九郎。

一方、魔王の右腕はこちらを敵と見定め、五つの口から瘴気(しょうき)のブレスを吐いて攻撃してくる。

『そは劈くもの、青く閃く天の裁き！』

九郎はもう一度《ブルーライトニング》を、今度は〈結界の短杖(ワンド・オブ・フォースフィールド)〉を使ってお見舞いする。

魔王の右腕を撃つと同時に、短杖の力場の効果で瘴気を防ぐ。

しかし電撃魔法の威力も半減するため、先ほどよりもさらにダメージを与えられない。

『その魔法では駄目だ、異世界の魔術師よ』

突如、イフリートの声なき声が脳裏に響いた。

「無事だったんすか⁉」

『すまない。意識が飛んでいた』

祭壇をよくよく見れば、確かに残滓(ざんし)ともいうべき小さな炎が燻(くすぶ)っている。

これでは無事とは言えないかもしれないが、イフリートが存命だったのは喜ばしい。

果たして炎の王は、力を振り絞(しぼ)るようにして教えてくれた。

『その魔法は、四代前の魔王を討つのに既に使われている。ゆえに効かない』

「《ブルーライトニング》もかつての究極魔法だったたってことっすね」

そのこと自体は予測の範疇(はんちゅう)で、九郎も驚きはなかった。

アローディア世界に召喚された直後に、メルティアも言っていた。

人類は魔法を用いて、五度の魔王の討伐に成功したと。

（だったらかつての究極魔法は、全部で五つあるってことでしょ）

一方、極大魔法に分類される攻撃魔法は、九郎が知る限り九つある。

（だったらまだ魔王が耐性を持ってない魔法が、四つ残ってるってことでしょ）

もちろん、九郎が新たな究極魔法の創造を依頼されたからには、その残る四つでも次の魔王を討つことが敵わない、何かしらの理由があるのだろう。

例えば、威力不足であるとか。

（それでも魔王の腕の一本くらいなら、滅ぼせるんじゃないか？）

九郎はそう仮説を立てて、試みようとしていた。

だが――

『そもそも現在、極大魔法と呼ばれている全ての攻撃魔法は、歴代の魔王を討つのに使われた、かつての究極魔法なのだ』

イフリートが告げた事実は、あまりに絶望的だった。

「マ⁉　じゃあ《フリーズデス》も《シルバーストーム》も全部ダメってこと⁉」

九郎はサーッと蒼褪めた。

（数が合わないじゃん！）

と理不尽に対する怒りを、誰にぶつけることもできず胸中に呑み込む九郎。

しかし、事実を知った上で考えてみれば、理屈に合わないわけではなかった。

むしろ自分の仮説の方が、多分に思い込みの産物だった。

例えば一人の偉大な魔術師が、二つの強力な魔法を編み出し、魔王を討ったかもしれない。

例えば二人の時代を代表する魔術師が、それぞれ得意の魔法を用い、魔王を斃した可能性も。

二つが三つでも、二人が三人でも、全然あり得る話。

その場合は複数の究極魔法が一時代に存在し、魔王も一度に複数の耐性を獲得するわけだ。

『《フリーズデス》は《ブルーライトニング》とともに、一人の偉大な魔術師に編み出され、同じく四代前の魔王を討つのに用いられた』

とイフリートからも証言を得られ、九郎の再考が正しかったことがわかる。

だが、それならそれでまた別の疑問が生じる。

（じゃあなんで、一応ちょこっとはダメージ入ってんの!?）

五つの鎌首をもたげた魔王の手の、あちこち焼け焦げ、爛れた体表を見て、困惑する九郎。

瘴気のブレスと《ブルーライトニング》を撃ち合いながら、なんとかイフリートに訊ねる隙を見い出そうとする。

だが、これも自分で答えに気づく。

先の九郎の仮説にも、一部分正しいところがあったからだ。

つまりは――

（こいつは魔王本人じゃない）

斬り落とされて残った、右腕にしかすぎない。

当然、正真の魔王の強さとは比べ物にならないに違いない。

耐性がついているといえど、多少はダメージが通るのもその差だろう。

これも考えてみれば、《ブレイズ・オブ・ブリージーズ》ではもう滅ぼすことができないと言いつつ、イフリートによる封印自体には成功していたのだから。


だからと言って、全く楽観できる相手ではない。

魔王の手は――瘴気のブレスと九郎の魔法の差し合いでは、膠着して埒が明かないと見たのか――祭壇を超えて前進してくる。

五本の首を蜘蛛の足の如く使って、宿主であるリリサを引きずりながら迫り来る（もうほとんどホラーだ！）。

そして、ある首が瘴気を吐いたかと思うと、また違う首を伸ばして高速で叩きつけるという物理攻撃を交えてくる。

「つぉっ⁉」

その速度と巨体が相まり、あたかも砲弾が飛んでくるような凄まじさに、九郎は慌てて右へ跳んで回避する。

空振りした首が床を叩き、石畳がまるで爆撃を受けたかのように広範囲に破砕する。

もし喰らったらどれだけのダメージかと、九郎はゾッとさせられる。

しかも魔王の手は五指（五首？）を駆使し、次から次へと頭突きしてくる。

もちろん、ブレス攻撃によるプレッシャーも緩めない。

（きっちぃ……！）

胸中で悲鳴を上げる九郎。

だが泣き言は言えない。絶え間なく呪文を唱え続けないといけないので、物理的に無理！

『黒より出でて黒より黒く、黒に似て黒ではなき色――そなたの名は虚無なり！』

闇属性の《カラレスヴォイド》をぶっ放し、同属性の瘴気のブレスを〈打ち消し〉しつつ魔王の手へ直撃させる。

《ブルーライトニング》から変えてみたが、当然さほど効いているようには見えない。

（焦れってえ！）

と逸る気持ちと、

（今、今、今、頭突きが俺のすぐ傍、かすめた⁉）

と鳥肌ものの瞬間がメチャクチャに交互して、もうパニックに陥（おちい）りそうになる。

それをナニクソ根性で、無理やり抑えつける九郎。

〈結界の短杖（ワンド・オブ・フォースフィールド）〉を使い、力場で頭突きを防ぐことができれば、メンタルにもいいのだが。

しかし、それはできない。ただでさえ魔法でろくにダメージを与えられていないのに、さらに防御に走れば、九郎は永遠にこのバケモノには勝てない。ただただジリ貧になる。

だから勇気を自ら鼓舞し、右手の〈媒体（ゆびわ）〉に魔力を注（そそ）ぐ。

が、

それは蛮勇でしかないと嘲笑（あざわら）うように、口しかない首がニタリと笑って迫り、九郎はその頭突きをとうとうもらってしまう。

凄まじい衝撃。

さらに後方へ吹き飛ばされ、広間の壁に叩きつけられる。

（痛え……）

頭の中が、その感情一色で塗り潰される。

痛覚を軽減させるよう設計された、この義体（からだ）で喰らってこの激痛。

心臓がバクバクと鳴り、こめかみにガンガン響く。

《アローディア》では、マイキャラ（クロウ）がいくらダメージを受けようとも、プレイヤー（九郎）は痛くも痒（かゆ）くもなかった。

こんな恐怖（いたみ）は知らなかった。

でも、今――九郎の魂は奮えている。

この異世界（アローディア）に来て、今までで一番奮えている。

だって、

「挑戦（ゲーム）ってこうじゃねえとなあ！」


九郎は雄々（おお）しく叫び、立ち上がった。

そして、呪文を唱えた。

〈魔術師（スペルキャスター）〉にできるたった一つの武器を以（も）って、戦いを続行した。

「さあ、表裏の巨獣の共演だ！　矛盾（ゆめ）の舞台に刮目（かつもく）せよ！」

二連衝撃属性の《バハムート／スモーヒベ》を撃ち放ちながら、魔王の手へ突撃する。

繰り出される頭突きを右へ、左へ、回避しながら足は止めず、連続詠唱（口も止めない）。

「上古の黄胴、侮（あなど）るべからず。神性、光輝、纏（まと）い溢れたるや！』

土属性の《オリハルコンブラスト》をお見舞いする。

二つの極大魔法を立て続けに叩き込んだが、やはりどちらもさほど効いていない。

（ウイルスみたいにしぶとく耐性つきまくりやがって！）

たかが右腕一本で、この強さ！

尋常ではない怪物だ！

アローディア世界を蝕(むしば)まんとする魔界の王の、その脅威を一端なりと知って戦慄(せんりつ)する。

（でもダメージがゼロじゃないんだ。仕様で攻略不可能ってわけじゃないんだ。だったらここは俺の戦場だ！　何時間でも遊んでやるよ魔王！）

これぞ醍醐味(だいごみ)だとばかりに興奮する。

『騎士の如き驍勇(ヴァラ・シュヴァラレスク)を！』

効果時間が切れた《フルフィジカルアップ》のお代わりを、大声で要求する。

その九郎の気迫に、魔王の手が魔法を浴びたわけでもないのに、一瞬怯(ひる)んだ——

「なんなのよ、あいつ……あのクロウって奴(やつ)……」

リリサは右腕を前へ伸ばして伏せたまま、愕然と呟いた。

「なんでよ……片手だけとはいえ魔王様なのよ……なんでここまで戦えるのよ……」

先ほどまではビビって顔も伏せていたが、今はもう九郎の戦いぶりに釘付(くぎづ)けになっていた。

「なんであいつ、あんなに楽しそうなのよ……」

意味がわからなかった。

自分ならとっくに泣いて逃げ出していた。

九郎が異世界の魔術師だからとか、そんな理由だけとは思えなかった。

頭が壊れてるとしか思えなかった。

「でも……魔王様を斃してきた奴らって……こういう箍が外れた連中なのかもしれない……」

同時にどこか納得している自分がいた。

実際、魔王の手の動きがだんだんと鈍くなってきている。

少しずつでも蓄積されたダメージによるものか。

あるいは——信じ難いことだが——不撓不屈ともいえる九郎の戦いぶりに呑まれたか。

リリサはもう左手に汗を握って戦いの行方を見守る。

勝つのは彼女の右手に寄生した魔王の亡骸か。

はたまた異世界の魔術師か。

そんな風に考えていた、まさにその時だった。

「リリサ！」

と九郎に大声で呼ばれた。

「ひゃ、ひゃいっ」

いきなりのことで、返事は噛むわ可愛い声が出てしまうわ。

（な、何よ、あいつ！　わたしに恥かかせないでよ！）

とリリサは憤慨する。

しかし九郎が伊達（だて）や酔狂で、リリサを呼んだわけではないことはわかっている。

魔術師（スペルキャスター）なのだ。無駄口のたった一つが、大きな隙となるのだ。

そのリスクを負って、リリサになんの用があるのか？

「右腕（そいつ）を抑え込んでくれ！　俺に呪文に集中させてくれ！」

〈結界の短杖（ワンド・オブ・フォースフィールド）〉の力場で瘴気のブレスを防ぎながら、九郎は言った。

「ハァ⁉　無理だって言ったでしょ⁉」

リリサは目を剥（む）いて怒鳴った。

すると九郎も怒鳴り返してきた。

「それでもやれよ、おまえも命が懸かってんだ！　**十三秒だけでいいんだ**！」

まさしく懸命の要請だった。

そして痛いほどの正論だった。

確かにリリサもこんなところで死にたくない。

魔王に（それもたかが亡骸に対し）殉死（じゅんし）するほどの忠誠だって持ち合わせていない。

「わかったわよ！　やればいいんでしょうが！」

伸ばした右腕の先に、思いきり力を込める。

麻痺してしまった感覚を、必死に手繰（たぐ）り寄せる。

こっちもまさしく懸命だ。

その甲斐はあった。

何より九郎が不屈の闘志で、魔王の手にダメージを与え続けた結果だろう。

ずっと支配権を奪われていた右腕の先に、どうにかリリサの感覚がつながった。

だったら後は渾身の力を振り絞るだけ。

「たった十三秒で何ができるか知らないけど――言った責任は取りなさいよねえええええええええええええええ！」

リリサは絶叫とともに、寄生した魔王の手を抑え込んだ。


魔王の手がその巨体を、五本の指／首を、金縛りにあったように硬直させた。

（やるじゃん、リリサ！）

それを見て九郎は胸中で快哉を叫ぶ。

言ってみるものだ。魔王の手がだんだん怯み始めたのを見て、もしやと思ったのだ。

もちろん、リリサの根性も認める。

（だったら次は、俺の番だ）

その一撃でこいつを仕留める。

算段はもうついている。

そう――

こいつは先々代の魔王の右腕なのだ。

先代魔王の右腕ではない。

ゆえに――

九郎はその呪文を詠唱した。

カーラーン　カーラーン　ス・アク・テンゼン　リィナースロアト
諸行無常、生生流転(ノー・ワン・リヴズ・フォーエヴァー)、其(そ)の理(ことわり)から逃れる術(すべ)など森羅(しんら)になし
星をも滅びよ――

ぴたり十三秒の長呪文への集中。

ゲームではレベル九十九で習得できた、最強魔法を発動させる。

リアルでは〝小さな大賢者〟――あの竜王サンドリオが史上最高だと語った、魔術師パロンが編み出した極大魔法。

そしてメルティア曰(いわ)く先代魔王を討った、前究極魔法を撃ち放つ。

つまりは先々代の魔王の右腕であるこいつが、《ノヴァフレア》を喰らうのはこれが初！

「思いきり右手を挙げて伏せろ！」

リリサへ怒鳴り、リリサが従う。

その瞬間、視界を真っ白に覆い尽くすほどの閃光が炸裂し、魔王の手を呑み込んだ。

九郎にとってはまだ二月ほど前の記憶、《アローディア》の最難関クエストで漆黒の巨狼を撃破した時同様に――

己の勝利を確信した。

†

「ひ、ひどい目に遭わせてくれたわね……」

リリサが地面に伏せたまま、ぜぃぜぃと荒い呼吸を続ける。

至近距離で《ノヴァフレア》が炸裂した余波を浴びて、衝撃でまだ立てないらしい。

そんな状態のリリサだが、右手の先だけが綺麗に消し飛んでいた。

刃物で切ったよりも鋭利な切断面からは、血が滴っている。

しかしヴァンパイアの特性で、もう再生が始まっている。

そのうち何もなかったかのように、右手も元通りに治るのだろう。

どれくらい時間がかかるかは、九郎は見当つかないが。

「とにかく勝った……」

その場にへたり込み、ぜいぜいと肩で呼吸する。

さすがに疲れた。心も体も限界だ。

《ノヴァフレア》で吹き飛ばした魔王の手は、黒い煙となって九郎の方へと押し寄せてくる。

あの化物に相応の魔力を頂戴(ちょうだい)し、丹田(たんでん)にカッと火が点(つ)いたようになる。

でも立ち上がる気力は湧いてこない。

「「………」」

九郎もリリサも、しばし無言になって息を整える。

どれだけ二人でそうしていただろうか？

先に立ちあがったのは、プライドの高そうなリリサだった。

九郎はもう少し休んでいたかったが、仕方なく鞭(むち)を打つようにして重い腰を上げる。

リリサとは最後は共闘したものの、ただの呉越同舟というやつで、ぶっちゃけ敵味方なのは変わらなくて、無防備のままではいられない。

ところが警戒する九郎とは対照的に、リリサはまるで友人面(づら)でとことこやってきて、

「た、助けてもらったお礼をしたいんだけど……」

もじもじしながら言い出した。

「え、まじで？」

「何よっ。わたしのこと恩知らずだとでも言いたいわけ⁉」

「いやごめんヴァンパイアってプライド高そうだからそういうのないのかなって」

「本物の矜持の持ち主だからこそ、不義理を働くような恥ずかしい真似はできないわけ！」

「な、なるほど……。じゃあお礼してもらおっかな」

鶴ならぬヴァンパイアの恩返しとか、どんなものか想像はつかないが。

九郎が黙って待っていると、リリサはますますもじもじしながら、ますます近づいてきた。

もう腕を伸ばせば抱き締めらるほどの近さだ。

いったい何を考えているのかと思えば――リリサが目を閉じ、顎を上向けるではないか！

（まままままさか、お礼のキス！！！！？？？？？）

魔王の手に追い詰められた時だってパニックにならなかった男が、これには動転させられた。

アイドル顔負けの美少女ヴァンパイアが、九郎の方からキスするのをじっと待っているのだ。

ゴクリ、と思わず生ツバを呑み込む。

ゲームでは〝リリサ〟のファンだったことを思い出す。

（俺、リアルリリサとキスしましたって言ったら、他のファンに殺されそう……）

いいのか？

そんなこと許されるのか？

（助けたお礼なんだからよかろうなのだ！）

九郎も目を閉じ、リリサの唇へ唇を寄せていった。

その瞬間、ガブッと首筋を噛まれた。

「えっ」

「バアアアアアアカ引っかかったわね、クロウ！」

「えっ、えっ」

もうびっくりして目を開け、噛まれた場所を確かめようとする九郎。

〈アイテムボックス〉から手鏡を出して、恐々（こわごわ）映して見る。

バッチリ〈吸血痕（こん）〉が刻まれていた！

セイラがアルシメイアにやられて苦労したやつだ。

「じゃあね、クロウ！　解呪したければ、わたしを、ずっと追いかけてくることね！」

愕然となった隙に、リリサはスタコラと逃げ出している。

なーにが「わたしのこと恩知らずだとでも言いたいわけ⁉」だ。

どーこが「本物の矜持の持ち主」だ。

小憎らしくて仕方がない！

だがそれ以上に九郎は、

「ゆ――油断した～～～～～～～～～～～～～～～～～～っっっ」

己のあまりの愚かさに、その場に倒れてゴロゴロのたうち回る。

あんなに警戒していたのに、美少女のキス顔一つでこのグダグダっぷり。

己の~~童貞レベル~~女性経験のなさが、この時ほど恨めしく思ったことはなかったのであった。

ションボリ……。

エピローグ Epilogue

〈ガイデス宮殿〉。その玉座の間。

皇帝ニコラウス四世は、重臣たちの糾弾を受けていた。

「キャロシアナ殿下のお命を狙った件で連日、矢のような抗議を受けておりますぞ！」

「しかも抗議は〈ヴェロキア〉からのみではございません！」

「ラカニトと謀り魔王の力を目覚めさせるなどと、いったい陛下はどういうおつもりですか！」

「この〈帝国〉を、国際社会から孤立させかねない暴挙ですぞ！」

「アロード神族からも抗議文が送り付けられております！」

「いったいどう責任をとるおつもりですか、陛下！」

「ニコラウス陛下！」

――と、一斉に詰め寄ってくる。

味方は一人もいない。つい先日までこいつら全員、皇帝のご機嫌伺いで必死だったのに。

そんな嫌味を垂れる気力さえない。

ニコラウスは玉座に腰かけたまま、意気消沈していた。

うなだれ、今にも帝冠がずり落ちそうになっていた。

もはや退位して責任をとるしかない。

退位ではすまないかもしれない。自刃する必要があるかもしれない。

いや、この首一つでは〈帝国〉は赦（ゆる）されないかもしれない。

そんな思考がニコラウスの頭の中で、堂々巡りをしている。

（救いは……救いはないのか……っ）

両手で顔を覆い、泣き崩れそうになるニコラウス四世。

そこへ追い打ちをかけるように、鋭い叱声（しっせい）が広間に響く。

「だから野心に逸（はや）るなと。あれほど言っておいたはずだぞ、ニコラウス」

皇帝その人に対して、名を呼び捨てにする老人の声。

懐（なつ）かしい響きに、ニコラウスは顔を上げる。

見れば、声の主が玉座まで続く赤い絨毯（じゅうたん）の上を、廷臣（ていしん）たちを割り開くようにして歩いていた。

誰あろう、〝魔法発明家〟ニコライである。

ただし今は魔法使い然としたトンガリ帽子をかぶっておらず、衣服も王侯貴族が着るような贅（ぜい）を尽くした絹服だった。

その矍鑠たる姿を見て、ニコラウスは呼ぶ。

「父上……」

と。

また廷臣一同が呼ぶ。

「「「先帝陛下……」」」

と。

そう――魔法発明家とは、隠棲したニコライが世を忍ぶ仮の姿。

二十年前、野心に駆られたニコラウスがラカニトら側近たちとともに、国際平和を貴ぶ穏健派だった父親に退位を迫り、宮廷から追い出した先代皇帝がこの老人だったのだ。

「よくもバカな真似をしでかしたのう、ニコラウスよ！」

父ニコライの説教が続く。

「魔族がラカニトに化けていたのも気づかず、あげく魔王の力などと危険な代物に手を出し、見事にしっぺ返しを食らう。皇帝にあるまじき浅慮、腰の据わらなさよ！　わかっておるか？　過ぎた野心なぞに目が眩んでおった証拠よ、痴れ者が！」

鬼気迫るような叱責の嵐。

ニコラウスは一言も返せない。

この父は穏健派だったが、それは決して意志薄弱を意味しない。

むしろ逆。

伝統的に野心家の多いこの〈帝国圏〉で平和主義を貫くため、長年に亘り畏怖で宮廷を支配していたのがこの父ニコライだったのだ。

ニコラウスが退位を迫ることができたのも、領土的野心を叫んで重臣らを焚きつけ、味方を作ることの方が、〈帝国〉の気風的には追い風となってハンデを得た結果にすぎない。

（結局、余は父上のような、皇帝の器ではなかったということか……）

ニコラウスは心の底から痛感した。

心の奥で本物のラカニト――とうに暗殺されていたという友に詫びた。

それから自ら玉座を降りると帝冠を外し、父ニコライの前にひざまずいて頭を垂れた。

父は「フン」と鼻を鳴らすとその帝冠を奪い、代わりに玉座に腰かけた。

それ以上の説教はなく、父の畏ろしさの根っこにある優しさが、ニコラウスの胸に沁みた。

そして二十年ぶりに玉座に返り咲いたニコライは、廷臣一同に向かって宣言した。

「〈ヴェロキア〉にはワシ自らが赴き、此度の件を謝罪いたすとする。〈ハイラディア大神殿〉も同様だ。よもや異存はあるまいな？」

ギロリと一同を睨め回す。

この場の全員、昨日まではニコラウスのシンパだった連中だ。

すなわち好戦的な野心家どもだ。

しかし全員が一斉に平伏し、異を唱えなかった。

この期に及んで〈帝国〉が領土的野心を剝き出しにすれば、世界中の批難を浴び、袋叩きにされる――それがわからないような政治音痴は一人もいなかった。

この上は牙を捨て、全力で羊のふりをする、そんな政治と外交が〈帝国〉には必要となる。あと何十年か、ほとぼりが冷めるまでは。

「ワシ以外の誰にもできないことだ。残り短い人生を、全て懸けねばなるまい。期待できるとすればメルティア様じゃ。きっと昔のように、親身に相談に乗ってくださるだろう」

父ニコライが嘆息した。

「やれやれ、楽隠居もこれで仕舞いか。せっかく面白かったのにのう」

肺の中のものを全て搾り出すような、落胆の吐息だった。

それが不甲斐ない息子にとっては、どんな叱責よりも堪えた。

†

「――という顚末になったのさ」

キャロシアナがウインクしながら教えてくれた。

〈帝都〉にある大使館のことである。

食堂で九郎とセイラ、三人で朝餉の真っ最中。

「オトナの世界っすねー」

と九郎もパンを千切りながら笑顔になった。

紆余曲折はあったが、今度こそ〈神聖王国圏〉と〈帝国圏〉の修好が始まるのはいいこと。

雨降って地固まるというやつだ。

（まあニコライ先生がまさか先代皇帝だったなんて、びっくりすぎるけどさ）

人に歴史ありってレベルじゃない。

苺の果肉たっぷりのジャムをパンに載せて頬張りながら、九郎はそう思う。

「あと奇しくもっつーか、カリンさんの言った通りになりましたねー」

「というと？」

「いくら仲が悪くても、〈ヴェロキア〉に親〈帝国〉派のエライさんは必要だし、〈帝国〉にも親〈ヴェロキア〉派の人が必要って、あの話っす」

「ああ、それは確かにそうだね」

とキャロシアナもしみじみうなずく。

今回のケースでいうと、ニコライというハト派がいたおかげで、〈帝国〉はギリギリのところで交渉のテーブルに着くことができるわけだ。

もしニコラウス四世のようなタカ派ばっかりだったら、彼らが急に笑顔ですり寄ってきたところで誰も信用しないだろう。

「まあ、そういうわけさ、クロウ殿。今日のところは私が宮殿に赴き、ニコライ陛下と会談する予定になっている。御身はメイド君でも連れて、〈帝都〉見物でもなさるといい」

「ニコライ先生を疑うわけじゃないんすけど、もう護衛しなくていいすか？　念のためついていきたいんだけど」

「私もそれがよいと思いますが」

九郎が申し出ると、セイラが苦手な食材を九郎のサラダにこっそり移しながらうなずいた。

「ハハハ、安心したまえ。〈帝国〉が魔王の力に手を出したせいで、不干渉が基本のアロード神族の方々が当面、監視対象にすると仰せだ」

「激おこっすねー」

「この状況で私に手を出してみろ。そのゲキオコの神族の方々が、本気で〈帝国〉の有力者一掃に乗り出すだろうさ。奴らもその恐さがわからないほど愚かではないよ」

「オトナの世界っすねー」

中学生にはなかなか実感のわかない話題に、九郎は芸のない台詞を繰り返した。

キャロシアナと大使たちが、馬車で宮殿へ向かうのを見送る。

　それから九郎は、セイラと〈帝都〉へ繰り出した。

「ニコライ先生の家に行きたいんだ」

　本人はもう留守だが、〈炎獄の間の鍵〉が置いてあるので勝手に持っていくようにと、大使館に連絡を入れてくれていたのだ。

「ちょっと遠いけどいいよね？」

「大丈夫ですよ。クロウ様と一緒に歩くのは好きですから」

「……どうやったらそういう殺し文句がスラスラ出てくんの？」

「クロウ様の照れる顔を見てからかいたいって、日がな一日考えてたらですかね」

「非生産的な一日すぎる……」

　そんな「楽しさ」という生産性があふれるトークをしながら、二人で通りを歩く。

　さすが〈帝都〉は午前中からにぎやかだった。

　祭りでもないのに通りという通りに出店が並び、辻という辻に吟遊詩人や大道芸人がいて、〈王都ヴェロキア〉でもこうはならない。

　しかも一個一個のレベルまで違う。

「見てください、クロウ様。火吹き男なら〈王都〉でも見物したことがございますが、あの方は吹雪を吐いてますよ」

「うん、あれ魔法使ってるね……」

「あちらの吟遊詩人なんて、独演とは思えません。四、五人で伴奏しているように聞こえるのですが」

「うん、あれ魔法の楽器だね……」

さすがは〈帝国圏〉。人族最先端の魔術国家。大道芸まで全部、魔法！

セイラは足を止めてはしげしげと見入っているが、九郎からするとタネの割れた手品みたいで面白くない。

（まあ、セイラさんが楽しんでるならいいけど）

普段クールなメイドさんが瞳を輝かせている、可愛い横顔を眺めて目の保養にしよう。

しかし〈帝都〉の往来を楽しめるのは、セイラだけではなかった。

道すがら、香ばしい匂いが漂ってきて九郎は足を止める。

「あの屋台かな？」

「なんでしょう。見たこともないお菓子ですが」

セイラと向かうと、紛れもないポップコーンが売っている。

まさかアローディア世界にもあるとは思わなかった。

トウモロコシ自体は〈亜人連合圏〉で生産されていて、こちらでもやや高価ながら流通しているのは知っていたが、ポップコーンにして売られているのは初遭遇である。

ただ現代日本のそれとは調理法が違って、雷の魔法で爆裂させているのがすんごい雑。

「セイラさん、食べてみる？」

「クロウ様、食べてみません？」

九郎、セイラ、意外と食いしん坊という共通点を持つ二人だ。綺麗にハモった。

苦笑しながら買い求め、二人でシェアして食べ歩く。

「この食感と塩気の塩梅がいいですね」

（うん、懐かしい味だわ）

セイラの感想に相槌を打ちながら九郎は思う。

日本では食べ飽きたというか、さほど好きでもなかったポップコーンなのに、アローディアで食べるとなんとも美味く感じる。ありがたみというのは、最高の調味料らしい。

「魔法を使うので、クロウ様に作って差し上げられないのが難点ですね」

「いいじゃん。食べたくなったらまた二人で来ようよ」

旅の女神像を使えば、いつでも気軽に来られるわけだし。

「それはさりげないデートのお誘いですか？　やりますね、クロウ様」

「セイラさんの喜ぶ顔が見たいって、日がな一日考えてるだけだよ」

「それは大変に生産的な一日ですので、今後も励んでくださいませ」

などとバカ話を続けていたら体感的にはあっという間、ニコライの家に着いた。

「裏からなら鍵がかかってないから入れるってさ」

「それでもけっこう不用心だと思うのですが……」

この辺りは人通りも多いし、セイラの言う通りだ。

（あれだけ研究、盗まれるの警戒してたのに。ニコライさん、わりと杜撰か？）

などと考えながら、裏口から邸宅に入る。

目的の〈炎獄の間の鍵〉は居間のテーブルに置いてあるとのことで、すぐに見つかった。

傍に目印のように、〝魔法発明家〟のトレードマークのトンガリ帽子が置いてあった。

（先生、あの帽子は持っていかなかったのか……）

政治の舞台に帰らざるを得なくなったニコライの、魔法研究との決別の覚悟、その証のように思えて九郎は寂しくなった。

ニコライとまともに話したのは一度きりだが、それでも魔法発明の同志として、ともに道を歩んでいけると楽しみにしていたのだ。

（これももらっていこうかな……）

意志を継ぐというほど大それた話ではないが、なんだか置いていけない気がした。

だから九郎は〈鍵〉より先に帽子へと手を伸ばした。

まさに、その時だった。

『うむ、待っていたぞ。異世界の魔術師よ』

と――帽子から声が聞こえてきたのは。

九郎はセイラと並んできょとんとなる。

それから二人で顔を見合わせる。

そして同時にバッとトンガリ帽子を振り返ると、

「「シャベッタアアアアアアアアアアアアアアアアアアアアアッ⁉」」

二人で綺麗にハモったのだった。

あとがき

皆様お久しぶりです、あわむら赤光です。

『スペキャス』第二巻もお手にとってくださり、誠にありがとうございます！

のっけからGA文庫レーベルの話で恐縮ですが、この二巻が上梓される予定の九月には、過去に新人賞で金賞を獲った『ひきこまり吸血姫の悶々』のアニメが放送している予定だったり、そもそも前月の八月には四年ぶりの大賞作品である『透明な夜に駆ける君と、目に見えない恋をした。』が敢行される予定だったりと、楽しみなことが目白押しとなっております。

今年はGA文庫の新人賞授賞式が久々に開催されまして（コロナウイルスの野郎のせいで三年中断）、両作品の作者さんともお会いできてお話が聞けて僕の中で解像度が高まって、期待とワクワクが天井知らずになっております。

このあとがきを書いております七月現在では、まだ近い未来の話なのですが……待ち遠しい！

そして願わくば読者の皆様にとって、この『スペキャス』二巻がワクワク楽しんでいただけるものになっておりますと幸いです（強引な自作品宣伝オチ）。

それでは謝辞のコーナーに参ります！

まずは魅力と雰囲気たっぷりの表紙絵を描いてくださいました、イラストレーターのミチハス様。こんな風に女騎士さんと町を歩きたい！　って思わずにいられないです。そして今巻はドレス！　セイラたちのドレス姿最高です。さらにはリリサのデザインも期待をぶっちぎったものに仕上げていただきましたし、ご多忙のところに本当にありがとうございました！

いつも刺さるアドバイスで、作品のクオリティアップに多大にご貢献くださる、担当編集のまいぞーI様にも感謝を。

GA編集部と営業部の皆様も、今後ともお引き立てのほどよろしくお願いいたします。今年の授賞式でゆっくりお話しできなかった皆様、来年こそは是非に是非に。


そして、勿論、この本を手にとってくださった、読者の皆様、一人一人に。

広島から最大級の愛を込めて。

ありがとうございます！


三巻は●●●るトンガリ帽子の謎を追いかけたり、今巻で関係性が変化した（？）リリサに追いかけられたりというお話の予定です。乞うご期待であります！

ファンレター、作品の
ご感想をお待ちしています

〈あて先〉

〒106－0032
東京都港区六本木2－4－5
ＳＢクリエイティブ（株）
GA文庫編集部 気付

「あわむら赤光先生」係
「ミチハス先生」係

本書に関するご意見・ご感想は
右の QR コードよりお寄せください。

※アクセスの際や登録時に発生する通信費等はご負担ください。

https://ga.sbcr.jp/

ゲームで不遇職を極めた少年、異世界では魔術師適性MAXだと歓迎されて英雄生活を自由に満喫する／スペルキャスターLv100 ②

発　行　　2023年9月30日　初版第一刷発行

著　者　　あわむら赤光

発行人　　小川　淳

発行所　　SBクリエイティブ株式会社
〒106－0032
東京都港区六本木2－4－5
電話　03－5549－1201
03－5549－1167（編集）

装　丁　　AFTERGLOW

印刷・製本　中央精版印刷株式会社

乱丁本、落丁本はお取り替えいたします。

本書の内容を無断で複製・複写・放送・データ配信などをすることは、かたくお断りいたします。

定価はカバーに表示してあります。

©Akamitsu Awamura

ISBN978-4-8156-1757-8

Printed in Japan

GA文庫

試読版は
こちら!

隣のクラスの美少女と甘々学園生活を送っていますが
告白相手を間違えたなんていまさら言えません

著：サトウとシオ　画：たん旦

「好きです、付き合ってください！」 高校生・竜胆光太郎、一世一代の告白！ 片想いの桑島深雪に勢いよく恋を告げたのだが——なんたる運命のいたずらか、告白相手を間違えてしまった……はずなのに、

「光太郎君ならもちろんいいよ！」 学校一の美少女・遠山花恋の返事はまさかのOKで、これじゃ両想いってことになっちゃいますけど!? しかも二人のカップル成立にクラス中が大歓喜、熱烈祝福ムードであともどりできない恋人関係に！ いまさら言えない誤爆から始まる本当の恋。『じゃない方のヒロイン』だけどきっと本命になっちゃうよ？

ノンストップ学園ラブコメ開幕！

攻略できない峰内さん

著：之雪　画：そふら

GA文庫

「先輩、俺と付き合って下さい！」「……え？　ええ――――っ!?」
『ボードゲーム研究会』唯一人の部員である高岩剛は悩んでいた。好きが高じて研究会を発足したものの、正式な部活とするには部員を揃える必要があるという。そんなある日、剛は小柄で可愛らしい先輩・峰内風と出会う。彼女がゲームにおいて指折りの実力者と知った剛は、なんとしても彼女に入部してもらおうと奮闘する！

ところが、生徒会から「規定人数に満たない研究会は廃部にする」と言い渡されてしまい――!?

之雪とそふらが贈る、ドタバタ放課後部活動ラブコメ、開幕!!

試読版は
こちら!

「キスなんてできないでしょ？」と挑発する生意気な幼馴染をわからせてやったら、予想以上にデレた2
著：桜木桜　画：千種みのり

「意識してないなら、これくらいできるわよね？」

　風見一颯には生意気な幼馴染がいる。金髪碧眼で学校一の美少女と噂される、神代愛梨だ。とある出来事から勢いに任せてキスしてもなお、恋愛感情はないと言い張るふたりだったが、徐々に行為がエスカレートしていき……、

「許さない？　へぇ、じゃあどうしてくれるの？」「……後悔するなよ？」

　挑発を続ける愛梨をわからせようとする一颯に、愛梨自身も別の感情が芽生えてきて——？

　両想いのはずなのに、なぜか素直になれない生意気美少女とのキスから始まる焦れ甘青春ラブコメ第2弾！

試読版は

こちら!

**理系彼女と文系彼氏、
先に告った方が負け２**

著：徳山銀次郎　画：日向あずり

偽カップルを演じている理系一位の東福寺珠季と文系一位の広尾流星。

平日はお昼休みに一緒にご飯を食べ、週末はショッピング。なんとか付き合っているフリをする二人に、新たな試練が訪れる。

それは文化祭。生徒会の頼みでディベートに出場する二人は、理系と文系に分かれ討論するのだが、白熱する議論に思わず恋人の演技を忘れてしまい――!?

さらに、所属する演劇部のステージでも波乱が巻き起こる。

「私もあなたのことが大好きです」

この珠季の告白は演技か本当か。

「理系」と「文系」。仁義なき戦いの次なる舞台が幕を開ける――！

ダンジョンに出会いを求めるのは間違っているだろうか19

著：大森藤ノ　画：ヤスダスズヒト

GA文庫

「学区が帰ってきたぞぉぉぉ!!」

美神の派閥（フレイヤ・ファミリア）との戦争遊戯（ウォーゲーム）が終結し、慌ただしく後始末に追われる迷宮都市（オラリオ）に、その『船』は帰港した。『学区』。ギルドが支援する、移動型の超巨大教育機関。ひょんなことから学区に潜入することとなったベルだったが、ある人物と似たハーフ・エルフの少女と出会う。

「私、ニイナ・チュールっていうの。よろしくね、ラピ君！」

様々な出会い、『騎士』との邂逅、そして学園生活。新章とともに新たな冒険が幕を開ける迷宮譚十九弾！

これは、少年が歩み、女神が記す、――【眷族の物語（ファミリア・ミィス）】――

試読版は
こちら!

お隣の天使様にいつの間にか
駄目人間にされていた件8.5
著：佐伯さん　画：はねこと

「色々と思い出を作っていきたいですから」

自堕落な一人暮らし生活を送っていた高校生の藤宮周と、“天使様”とあだ名される学校一の美少女、椎名真昼。

ふとしたきっかけから徐々に心を通わせ、いつしか惹かれ合っていき、お互いにかけがえのない相手となった二人。

かたちを変えた関係のなかで紡がれた、様々な思い出を描く、書き下ろし短編集。

これは、甘くて焦れったい、恋の物語――。

第16回 GA文庫大賞

GA文庫では10代～20代のライトノベル読者に向けた
魅力溢れるエンターテインメント作品を募集します！

物語が、華ひらく。

イラスト／風花風花

大賞賞金300万円＋コミカライズ確約！

◆ 募集内容 ◆

広義のエンターテインメント小説（ファンタジー、ラブコメ、学園など）で、日本語で書かれた未発表のオリジナル作品を募集します。希望者全員に評価シートを送付します。

※入賞作は当社にて刊行いたします　詳しくは募集要項をご確認下さい

リニューアルで選考課程を一新!!!

応募の詳細はGA文庫公式ホームページにて

https://ga.sbcr.jp/